AF216787

Janne Mommsen hat in seinem früheren Leben als Krankenpfleger, Werftarbeiter und Traumschiffpianist gearbeitet. Inzwischen schreibt er überwiegend Romane und Theaterstücke. Mommsen hat in Nordfriesland gewohnt und kehrt immer wieder dorthin zurück, um sich der Urkraft der Gezeiten auszusetzen.

JANNE MOMMSEN

Omas Insel-weihnacht

Rowohlt Taschenbuch Verlag

4. Auflage September 2024

Originalausgabe
Veröffentlicht im Rowohlt Taschenbuch Verlag,
Hamburg, Oktober 2019
Copyright © 2019 by Rowohlt Verlag GmbH, Hamburg
Die im Buch zitierten Liedtexte stammen aus
«Fresenhof» und «Winter, heut' hab' ich dich tanzen geseh'n»
von Knut Kiesewetter
(Musik und Text: Knut Kiesewetter)
Covergestaltung any.way, Barbara Hanke / Cordula Schmidt
Coverabbildung Gerhard Glück
Satz aus der Palatino
Gesamtherstellung CPI books GmbH, Leck
ISBN 978-3-499-00118-5

Gewidmet meinen Omas
Anita und Frieda Caroline

Wenn de Wind dör de Bööm weiht
Un Gras nich mehr wassen deiht
Un geel all ward, denn kummt bald de Tied.
Wenn de Storm övre't Feld geiht,
Wo lang schon keen Korn mehr steiht,
Un Mehl all ward, denn ist bald so wiet.

KNUT KIESEWETTER

1

Wie jedes Jahr begann die Vorweihnachtszeit für Imke damit, dass sie einen Tag vor dem ersten Advent die Holzstange mit dem Metallhaken hervorholte und damit die Luke an der Flurdecke herunterzog. Die Treppe zum Dachboden kam ihr zur Hälfte entgegen, den Rest klappte sie mit der Hand auf. Vorsichtig stieg sie die wackeligen Holzstufen hoch und schaltete die beiden nackten Glühbirnen an, die vom Dachgebälk hingen. Unter dem Reet war es eiskalt und roch nach Staub. Wie immer staunte sie über die Unordnung, alles stand voll – womit eigentlich? Jedes Mal nahm sie sich vor, endlich auszumisten. Und ließ es dann doch bleiben.

Vorsichtig stieg sie über Lampenschirme, Fahrradteile und Kartons mit alten Briefen hinweg. In einem Ganzkörperspiegel, der an einen Garderobenständer gelehnt war, sah sie sich selbst: dünn, in schwarzer Jeans und weißem T-Shirt ohne Aufdruck. Ihre Falten waren im fahlen Licht zum Glück nur unklar zu erkennen, die grauen Haare ebenfalls.

Letztes Jahr hatte sie die Weihnachtssachen

in die äußerste Ecke des Dachbodens verfrachtet, direkt neben das Kinderspielzeug. Auf einer ausrangierten Blumenbank saßen ihre beiden Lieblingspuppen Keike und Johanna und blickten sie aufmerksam an. Sie trugen die schwarze Friesentracht der Insel Föhr, mit weißer Schürze, Haube und Schmuck über der Brust. Imkes Großmutter hatte sie eigenhändig genäht. Als kleines Mädchen hatte Imke jeden Tag mit den Puppen gespielt, sie waren wie Geschwister für sie. Das war jetzt über sechzig Jahre her, obwohl es ihr vorkam wie gestern.

Sie seufzte und legte die Puppen vorsichtig in den Umzugskarton, auf den sie dick mit Filzstift «Jul» geschrieben hatte, das friesische Wort für Weihnachten. Darin befanden sich Lichterketten, Christbaumkugeln, Tüten mit Lametta, Girlanden, kleine Elche, Kobolde und Feen, das meiste davon jahrzehntealt.

Als sie den Karton anhob, stöhnte sie laut auf: War er von selbst schwerer geworden oder sie schwächer? Letztes Jahr war es doch auch ohne Probleme gegangen. Außerdem war sie erst Anfang siebzig. Aber trag mal einen riesengroßen, bleischweren Karton eine viel zu schmale Holztreppe hinunter – das ist reine Artistik!

Beim Abstieg wäre sie beinahe gestürzt und konnte sich gerade noch auffangen. Unten stellte sie den Karton ab und musste sich erst mal auf einen Stuhl setzen, um Luft zu holen. Nächstes Jahr soll das Arne machen, dachte sie. Ihr Sohn hatte es mit Anfang fünfzig zwar auch schon mit dem Rücken, aber den Karton würde er ja wohl noch schaffen.

Ein heftiger Regenschauer prasselte gegen die Haustür. Der Westwind schob seit Tagen dunkle Wolkenberge vom Meer über das Dorf Nieblum, in dem ihr kleines Häuschen stand. Imke lächelte, genau das richtige Wetter, um mit dem Dekorieren zu beginnen! Sie schob die Kiste ins Wohnzimmer und steuerte auf den Hi-Fi-Turm zu: CD-Spieler, Radio und Plattenspieler in einem. Auch wenn ihr Enkel Sönke sich gerne lustig über ihre museumsreifen Geräte machte – alles funktionierte immer noch perfekt, sogar auf Stereo. Wenn sie allein war, drehte sie oft die Anlage auf und tanzte dazu.

Sie legte die CD mit Weihnachtsmusik ein, die ihre Enkelin Maria ihr am Computer aufgenommen hatte. Sie enthielt sämtliche Klassiker, von «Last Christmas» bis «O, du fröhliche». Dazu stellte Imke die Discokugel an der Zimmerdecke an, die ihr der Besitzer der Föhrer Inseldisco «Erdbeerparadies» vor Jahren überlassen hatte. Das beste Mittel gegen Winter-Schwermut, wie sie wieder einmal feststellte.

Beschwingt machte sie sich ans Auspacken des Kartons. Eigentlich war der Raum das ganze Jahr bunt geschmückt, denn Imke liebte Kitsch jeder Art und war beim Dekorieren nach dem Tod ihres Mannes noch hemmungsloser geworden. Das «gute Geschirr» in der beleuchteten Glasvitrine hatte sie gegen eine Sammlung Schneekugeln mit den tollsten Motiven ausgetauscht, darunter Paris und Mallorca, Bambi, diverse Leuchttürme, Daisy Duck, Marilyn Monroe, die Fähre zum Festland, Fred Astaire und Ginger Rogers. Sobald man die Kugeln schüttelte, lag die Welt im Schneetreiben, es war ein Traum! An den Wänden hingen gerahmte Fotos von ihren Kindern, von Bekannten, Freunden und Stars wie Gitte, Cindy und Bert in ihren besten Tagen sowie Mick Jagger, den sie zeit ihres Lebens richtig sexy gefunden hatte.

Als Erstes nahm sie den Julboom aus der Kiste, der gleich obenauf lag. Er kam auf die Fensterbank. Nach alter Tradition bestand der friesische Weihnachtsbaum aus einem kniehohen Holzstab mit drei Querstreben, an die ein Schwein, eine Kuh, ein Schaf, ein Hahn, ein Segelschiff und eine Mühle aus Salzteig gehängt wurden. Ganz unten, an den Stamm, wurden die Figuren von Adam und Eva mit Schlange unter einen kleinen Apfelbaum gestellt. Der klassische Weihnachtsbaum war erst viel später nach Föhr gekommen und hatte sich nur langsam durchgesetzt, weil es nicht viele Tannen auf der Insel gab, die man für das Fest fällen konnte. Ihren Julboom hatte Imkes Urgroßvater mal für ihre Großmutter angefertigt. Sie schmückte ihn mit einer Girlande aus Efeu, stellte vier Kerzen auf die Querstreben, von denen sie die erste gleich morgen, am ersten Advent, anzünden würde.

Die beiden Puppen setzte Imke auf die Couchlehne. Dann kamen Tannenzweige ins Schlafzimmer, in die Küche und ins Bad. Alles, was ging, wurde mit Lametta verziert, auch die Lampenschirme im Flur – sie liebte die Glitzerstreifen über alles.

Imke zog die Vorhänge zu, stellte weiße Kirchenkerzen in eine Ecke des Wohnzimmers und zündete sie mit einem langen Streichholz an. Die Discokugel drehte sich zur Musik. Zufrieden atmete sie auf: Da war es, jenes wohlige Adventsgefühl.

Gut, man hätte einwenden können, dass es insgesamt vielleicht etwas viel Lametta war. Aber sie fand, dass «viel» gerade ausreichte: Weihnachten war für sie ein fröhliches Fest, und nichts brachte das besser zum Ausdruck als Glitzer.

Als sie mit dem Dekorieren fertig war, begab Imke sich in die Küche. Sie band sich die Schürze um und machte sich ans Werk: Jetzt wurde gebacken! Ihre Spezialität waren Vanillekekse mit geriebenen Walnüssen. Aus dem CD-Spieler tönte gerade eines ihrer Lieblingslieder von Knut Kiesewetter.

Wenn de Wind dreiht, vun Nord weiht
Un Reg'n geg'n de Finster neiht,
De Schieb'n dahl rennt,
denn föhl ik mi wohl.
Wenn dat Füer in Kamin brennt
Un jeder di bi'n Vörnam nennt,
Weil he di kennt, denn is uns Hus vull.

Während sie den Teig vorbereitete, dachte sie an das bevorstehende Weihnachtsfest. Wie jedes Jahr würde die gesamte Familie an Heiligabend in ihrem Wohnzimmer zusammenkommen – bis auf Cord, ihren Ältesten, der mit seiner Frau Narasinee und der kleinen Jade in Frankfurt blieb. Der Raum würde dampfen, so muckelig warm würde es mit all den Menschen werden. Es gab bloß ein Problem: Eigentlich verstanden sich die Mitglieder der Familie Riewerts gut, nur an einem Tag im Jahr gerieten sie garantiert aneinander, und das war ausgerechnet an Heiligabend. Imke hatte keine Ahnung, warum.

Letztes Jahr zum Beispiel hatten sich alle am frühen Abend bei ihr zu Hause versammelt: ihr Sohn Arne mit seiner Tochter Maria, ihre Tochter Geeske mit Mann Kurt und Sohn Sönke, der genauso alt war wie seine Cousine Maria, und ihre Tochter Regina mit Mann Holger und Sohn John. Imke stand gerade in der Küche und kümmerte sich um das Essen, wobei sie auf sämtliche

Sonderwünsche einging. Nur für die Unkomplizierten gab es Kartoffelsalat mit Würstchen. Irgendwann gesellte sich Arne zu ihr, um die Mayonnaise mit exotischen indischen Gewürzen zu verfeinern. Bis dahin war alles wunderbar gewesen.

«Weißt du aus dem Kopf, wie viele Porzellantiere du inzwischen besitzt?», erkundigte Arne sich bei seiner Schwester Regina, als er wieder im Wohnzimmer war. Und das, obwohl er ihre Porzellanschafe hasste!

«Keine Ahnung», antwortete Regina.

«Langsam müsstest du damit ins Guinnessbuch der Rekorde kommen.»

«Meinst du?»

«Klar! Und tauschst du dich auch mit anderen Sammlern über das Thema aus?»

«Nee, das sind ja meine Konkurrenten.»

Es wirkte freundlich, wie er sich nach der Lieblingsbeschäftigung seiner Schwester erkundigte.

Auch Regina bemühte sich sichtlich: «Haben sich deine Surfschüler im Lauf der letzten Jahre eigentlich verändert?»

Arne war Surflehrer auf der Insel.

«Ja, inzwischen trauen sich immer mehr Übergewichtige aufs Brett.»

Womit er, ohne es zu merken, eine Anspielung auf Reginas rundliche Körperform gemacht hatte. Die wechselte schnell das Thema und begann nun, ohne Punkt und Komma von ihren Porzellanfiguren zu schwärmen.

Arne hielt eisern durch, fünf Minuten, zehn, zwölf, dreizehn … Dann wurde es ihm zu viel, und er fing wieder vom Surfen an, ohne dass er auf sie eingegangen wäre.

«Ich könnte auch dir Surfen beibringen, du müsstest nur etwas mehr Kondition haben.»

Oje, Arne, wer hörte so etwas gerne?

Jedenfalls war Regina jetzt bedient und wollte nur noch eins: Rache. Da aber bei Gefühlen eins und eins nicht zwei macht, bekam die Wut erst mal ihre ältere Schwester Geeske ab, die gerade von dem neuen Kleinwagen erzählte, den ihr Mann Kurt und sie sich kürzlich angeschafft hatten.

«Du tust immer so arm, aber in Wirklichkeit seid ihr ja wohl kackreich!», meinte Regina.

Geeske explodierte. «Musst du gerade sagen! Setzt dich hier auf der Insel ins gemachte Nest! Wenn dein Mann nicht das Haus mit in die Ehe gebracht hätte, würdest du in einer armseligen Hütte am Strand leben.»

Abgesehen davon, dass man selbst mit Hütten am Föhrer Strand Höchstpreise erzielt hätte, ihre Bemerkung also Unsinn war, trat dadurch natürlich keine Beruhigung ein.

Nun warfen alle ihre guten Sitten über Bord, jeder gegen jeden, war die Devise. Der ansteigende Weinkonsum tat sein Übriges. Der siebenjährige John verkrümelte sich mit seinem Nintendo ins Schlafzimmer, wo er Ruhe vor den streitenden Erwachsenen hatte.

Spätestens jetzt wurden auch diejenigen mit-einbezogen, die vorher geschwiegen hatten, etwa Holger und Kurt, Reginas und Geeskes Männer. Holger war sonst ein Stiller, aber nun fühlte er sich verpflichtet einzugreifen.

«Hört auf mit dem Gestreite, wir haben Weihnachten!», rief er. Doch für Appelle dieser Art war es bereits viel zu spät.

«Bändige lieber deine bekloppte Frau», rief Geeske. Das waren natürlich die völlig falschen Vokabeln.

Regina lief rot an. «Bekloppt? Das muss ich mir von meiner Schwester nicht sagen lassen.» Dann rieb sie ihrem Hippiebruder Arne unter die Nase, dass er als alternder Surflehrer langsam zur Karikatur werde, wenn er ständig über seine schmerzenden Bandscheiben klage.

So schaukelte sich die Stimmung hoch. Maria, Arnes Tochter, versuchte anfangs noch zu vermitteln, aber irgendwann hatte sie die Schnauze voll und ging einfach nach Hause. Somit war Imke alleine unter lauter Streithähnen. Denn auch Sönke hatte sich längst in ein anderes Zimmer verzogen.

Imke hatte sich an Heiligabend wie auf einem sinkenden Boot gefühlt: Kaum hatte sie irgendwo ein Leck gestopft, schoss durch ein anderes Loch erneut Wasser. Sie wusste, dass sie selbst nicht ganz unschuldig daran war: Mit ihrer Tochter Geeske aus Norderstedt verstand sie sich zugegebenermaßen nur mittelprächtig, warum auch immer. Dafür war sie umso enger mit Geeskes neunundzwanzigjährigem Sohn Sönke. Mit ihm war sie sogar schon mal auf der Berlinale gewesen und hatte Brad Pitt die Hand geschüttelt. Es gab ein Foto, auf dem sie mit dem Hollywoodstar zu sehen war und das jeder Insulaner kannte, weil sie überall damit angegeben hatte. Dabei hatte sie den Star im Kino ohne ihre Brille erst gar nicht erkannt.

Obwohl Heiligabend in ihrem Haus also ein Garant für Streit war, gab Imke die Hoffnung nicht auf. Dieses Jahr sollte alles anders werden!

Aus dem Backofen roch es bereits herrlich nach Vanillekeksen. Mit der Teigrolle in der Hand tanzte sie von der Anrichte zum Tisch und zurück und sang dabei laut ihr Lieblingslied mit.

Wenn de Wind dreiht, vun Nord weiht
Un Reg'n geg'n de Finster neiht,
De Schieb'n dahl rennt, denn föhl ik mi wohl.

Ja, es sollte das erste Mal ein harmonisches und friedliches Fest in der Familie werden. Das war ihr größter Wunsch. Aber wie bekam sie das hin?

18

2

Von nun an schenkte Imke sich selbst jeden Tag Weihnachtsmusik mit Discokugel und genoss ihre Dekoration. Aber es gab auch andere Rituale, die sie von den Sorgen um das bevorstehende Familienfest ablenkten. Einer der Höhepunkte in der Adventszeit war die traditionelle Feier der Landfrauen im Utersumer Taarepshüs. Dieses Jahr gab es dabei eine Besonderheit, die eine kleine Revolution darstellte: Imke und die anderen Föhrer Landfrauen feierten das erste Mal zusammen mit denen aus der Inselhauptstadt Wyk in Utersum! Obwohl man sich kannte, gab es nicht nur geographisch immer eine gewisse Distanz zwischen beiden Gruppen. Auf Föhr wurde der Unterschied zwischen Marsch und der Hauptstadt Wyk mindestens so krass gesehen wie der zwischen Prärie und New York.

Natürlich brachten Imke und ihre Truppe ihre eigenen Kuchen zur Feier mit. Sie wollten beweisen, dass sie besser backen konnten als die Städterinnen, das war eine Frage der Ehre. Für Imke bedeutete das, dass sie sich an ihre traditionelle Friesentorte machte, für die sie schon lange kein

Rezept mehr brauchte: Mürbeteig, Blätterteig, Schlagsahne und Pflaumenmus wurden übereinandergeschichtet, den Abschluss bildete eine Sahneschicht, auf die dreieckige Blätterteigstücke gelegt wurden. Zu guter Letzt kam noch ein kräftiger Schuss Rum obendrauf.

Nachdem sie fertig war, stellte Imke die Torte vorsichtig in einen Tupperbehälter, den sie neben die große Blechschachtel mit den Vanillekeksen auf den Rücksitz ihres kleinen Toyotas legte. Damit nichts verrutschte, keilte sie die Kuchenform mit ein paar Kissen ein. Dann fuhr sie los.

An der kleinen Tankstelle im Ort sammelte sie Carla und Simone von der Kasse bei Edeka Hückstedt ein. Das Thermometer zeigte null Grad, hoffentlich gab es unterwegs kein Glatteis! Sie tuckerte die paar Kilometer bis nach Utersum vorsichtshalber im Schneckentempo. Zusätzlich wehte ein starker Westwind die kahlen Bäume und Büsche hin und her und zerrte an ihrem Wagen, sie musste das Lenkrad richtig festhalten und manchmal leicht gegenlenken.

«Wie schön, dass es wieder losgeht», seufzte Simone vom Rücksitz. «Ich freue mich schon das ganze Jahr darauf.»

«Aber jetzt mit den Wykerinnen?», wandte Carla mit skeptischer Miene ein.

«Dürfen wir da überhaupt noch ein Wort Friesisch reden?», erkundigte sich Simone.

20

«Ich lasse mir jedenfalls nicht den Mund verbieten», stellte Imke fest.

Die Insel Föhr war sprachlich dreigeteilt: In Wyk redete man Hochdeutsch, in der südlich gelegenen Geest Plattdeutsch, in der Marsch Fering, dazwischen gab es einige Dänen. Imke hatte diesbezüglich keine Probleme, sie sprach alle Föhrer Sprachen fließend – und manchmal auch durcheinander.

In der offenen Marsch traf der Westwind nirgendwo auf Widerstand, es sei denn, man war dort zu Fuß oder wie sie mit dem Wagen unterwegs. Der Wind hatte Hunderte Kilometer auf der offenen See hinter sich und war eisig kalt. Immer wieder erschütterten wie aus dem Nichts starke Böen die Karosserie.

In Utersum angekommen, parkte Imke vor dem reetgedeckten Taarepshüs, was wörtlich übersetzt «Dorfhaus» hieß. Es war eine ehemalige reetgedeckte Scheune, die man zu einem wunderschönen Versammlungssaal ausgebaut hatte.

«Hier im äußersten Westen der Insel ist es immer noch ein paar Grade kälter als bei uns», behauptete eine Wykerin, die gerade neben ihnen aus dem Auto stieg.

«Unsinn», hielt Simone prompt dagegen. «Das ist doch hier keine andere Klimazone!»

«Doch.»

Auch wenn es kaum zu glauben war: Es gab

tatsächlich etliche Wyker, die seit Jahren nicht in den Marschdörfern gewesen waren. Wenn sie mal irgendwohin fuhren, dann in Richtung Dagebüll aufs Festland.

Als Erstes brachte Imke ihre Mitbringsel in den großen Festsaal, in dem an die dreißig Tische eingedeckt waren. Auf weißen Tischdecken hatten die Frauen vom Festkomitee Adventskränze mit roten Kerzen platziert. Imke gab Torte und Kekse bei Birgit Detlefsen ab, der Vorsitzenden des Landfrauenvereins, die hinter dem großen Tisch stand, der für das Buffet vorgesehen war.

«Moin, Imke.»

«Moin, Birgit.»

«Friesentorte, wie immer?» Birgit lächelte.

Imke zuckte mit den Achseln. «Was sonst?»

«Die ist bestimmt wieder als Erste weg!»

Sie musste zugeben, das Kompliment schmeichelte ihr. Sie zwinkerte Birgit zu und ging dann zur Garderobe, um ihre Jacke abzugeben. Es duftete nach schweren Wintermänteln und den unterschiedlichsten Parfüms. Kurz hielt Imke inne, ein Glücksgefühl durchströmte sie. Alles schnatterte durcheinander – nicht umsonst war das Adventssingen der Landfrauen einer der gesellschaftlichen Höhepunkte des Inseljahres.

Als Imke zurück in den Festsaal ging, saß Pastorin Petra Breitscheid bereits am Klavier und sortierte ihre Noten. Imke schloss die Augen. Adventsfeiern rochen anders als alle anderen Feste, das lag an dieser einzigartigen Mischung aus Kerzenwachs, Zimt und Sahne.

Eine halbe Stunde später begann dann die gewohnte Zeremonie, die sich, seit Imke zurückdenken konnte, noch nie geändert hatte. Zuerst sprach ihre Vorsitzende einige Begrüßungsworte auf Friesisch, was von denen aus Wyk, den Gesichtern nach zu urteilen, kaum verstanden wurde. Die Antwort kam dann prompt von deren Vorsitzender in einer Art Hochdeutsch, das stark von ihrer schwäbischen Herkunft gefärbt war: Weihnachten im Westteil der Insel sei mal etwas ganz anderes, so weit weg ...! Imke lächelte amüsiert: Die Wykerinnen hatten wirklich das Gefühl, auf einem anderen Kontinent gelandet zu sein.

Nun stimmte die Pastorin die ersten Akkorde an, und alle sangen zusammen «Vom Himmel hoch, da komm ich her», jede in ihrer Sprache. Imke blickte sich um. Alle sahen so ernst und andächtig aus. Für sie selbst ging dieses wunderschöne Weihnachtslied nur auf Friesisch, sie gab alles:

En stäre locht döör a wonternaacht,
Skintj auer't hiale lun so laacht
A engler God tu iaren schon
Ferkan'ge frees för ual an jong.

Die Stimmen füllten den Saal bis zur Decke. Das gemeinsame Singen besaß eine ungeheure Kraft, hinterher gab es niemanden mehr ohne rote Wangen. Imke bekam feuchte Augen, so glücklich war sie.

Anschließend wurde Kuchen gegessen. Durchs Fenster konnte Imke sehen, wie sich Bäume und Büsche im eisigen Wind bogen. Hier drinnen im Saal fühlte sie sich richtig geborgen.

Nach einem Stück Torte und zwei Tassen Pharisäer mit ordentlich Rum war ihr so warm wie im Hochsommer. Ihre Gedanken schweiften ab zum bevorstehenden Weihnachtsfest. Was führte denn eigentlich immer zum Streit?, überlegte sie. Doch nur das Reden! Daraus folgerte sie: Wenn ihre Familie an Heiligabend so wenig wie möglich miteinander sprach, würden sich doch garantiert alle gut verstehen.

Wieso war sie nicht vorher darauf gekommen? Dabei lag es so nahe! Anstatt zu reden, würden sie einfach tanzen. Dazu musste sie nur das Wohnzimmer komplett ausräumen, damit genug Platz war. Die Discokugel an der Decke hatte sie ja schon, die Musikanlage auch. Vielleicht konnte noch jemand eine Lichtorgel besorgen – nannte man das Ding mit den bunten Scheinwerfern, die im Takt der Musik leuchteten, heute überhaupt noch so?

Natürlich würde auch das Thema Musik im

Vorhinein für Streit in der Familie sorgen, schließlich hatten sie alle unterschiedliche Geschmäcker: Arne liebte seine Hippiemusik aus den Sechzigern, Regina stand auf Abba und Madonna, Holger auf Elvis und Swing, John auf Heavy Metal. Maria und Sönke waren einfach zu nehmen, sie hörten alles quer durch den Garten. Trotzdem, die Musik konnte eine böse Falle werden, und in der Familie Riewerts würde das Thema ausgetragen werden, als ginge es bei jedem Titel um Leben und Tod. Also musste es feste Regeln geben, die nicht verhandelbar waren:

§ 1: *Jeder durfte genau drei Titel bestimmen.*

§ 2: *Über die Titel der anderen durfte niemand meckern.*

§ 3: *Der Rechtsweg wegen was auch immer war ausgeschlossen.*

So würde es klappen! Imke sah bereits vor sich, wie alle Riewerts die Arme in die Luft warfen und die Hüften kreisen ließen. Vielleicht sollten sie gesammelt in Weiß kommen, dann würden sie im Stroboskoplicht leuchten wie Engel im Himmel. Ja, wenn alle sich an die Regeln hielten, konnte es der schönste Heiligabend werden, den sie je erlebt hatte.

3

Das Gefühl von Seligkeit, das Imke bei den Landfrauen verspürt hatte, hielt an. Mit den Wykerinnen hatte alles hervorragend geklappt, und sie hatte ganz nebenbei die optimale Lösung für ein friedliches Weihnachtsfest gefunden. In der Nacht hatte Imke so fest geschlafen wie lange nicht mehr. Und auch den heutigen Tag hatte sie inmitten ihrer Weihnachtsdekoration mit Lesen und Musikhören verbummelt. Erst als es dämmerte, stieg sie auf ihr Rad und fuhr über den Grevelingstieg in Richtung Inselhauptstadt. Sie musste endlich mit dem Geschenkekauf beginnen.

Dazu hatte sie sich warm eingepackt, und das war auch nötig: Von der Nordsee her blies ihr ein böig auffrischender Wind entgegen, der es zeitweise richtig auf sie abgesehen hatte. Manchmal kam sie kaum voran. Sie kämpfte sich am Golfclub vorbei, dann am kleinen Flughafen, der in vollkommener Finsternis lag. Schließlich bog sie auf die Promenade am Südstrand ab.

Eine Fahne der Föhr-Touristik flatterte von weitem im Wind – die einzige, die an einem der vielen Masten hing. Alle paar Meter beleuchtete eine Laterne das Pflaster, ansonsten war die Straße dunkel und verlassen. Imke begegnete keiner Menschenseele. Um nicht zu frieren, trat sie kräftiger in die Pedale. Hinter dem Leuchtturm Ohlhörn machte die Promenade einen Knick, jetzt konnte sie die Altstadt erkennen. Über den Dächern der Fischerhäuser lag ein heller Lichternebel, darunter befand sich der Wyker Weihnachtsmarkt. Endlich Leben! Verführerische Aromen stiegen ihr in die Nase: Schmalzkrapfen, geröstete Maronen, Vanille und Glühwein, alles fein abgestimmt mit dem Duft der Meeresluft.

Die Altstadt leuchtete wie eine Fata Morgana. Zwischen den Häusern waren Tannengirlanden gespannt, aus denen unzählige Sterne aus Glühbirnen funkelten. Es sah aus, als würden die Straßen mit Licht geflutet, das Kopfsteinpflaster glänzte im Schein der Lampen.

Um diese Jahreszeit waren die Insulaner weitgehend unter sich, denn die Weihnachtstouristen kamen erst unmittelbar vor dem Fest nach Föhr. Man traf Freunde und Bekannte beim Glühwein, und alle hatten Zeit für einen Klönschnack.

Von jedem zweiten Stand an der Promenade schallte Imke ein fröhliches «Moin» entgegen, sie kam aus dem Grüßen gar nicht mehr raus. Gemütlich radelte sie am Café Steigleder vorbei, das bis auf den letzten Platz besetzt war. Ihr Ziel war das Arko, ein Laden, der längst anders hieß, aber alle Insulaner nannten ihn weiter so. Hier wurden Süßigkeiten jeder Art angeboten, von Pralinen über edle Schokolade bis zu Marzipan. Das Wichtigste war jedoch der Ausschank von Manhattan und Glühwein, den man draußen am Sandwall an Stehtischen trank. Von hier aus konnte man direkt aufs Wasser blicken, die Lichter der Hallig Langeneß im Wattenmeer gegenüber funkelten, als seien sie Teil des Weihnachtsschmucks.

«Moin.»

«Moin zusammen!»

Ein halbes Dutzend Gestalten standen schon vor ihren Heißgetränken, darunter Erhardt Scholmann, Imkes Friseur, der seinen Salon nebenan hatte, und ihr Hausarzt Dr. Sörensen, dessen Praxis heute geschlossen war. Ihn sah man selten hier.

Hylke, die Besitzerin des Ladens, hatte sich eine rote Weihnachtsmütze aufgesetzt und strahlte sie an, als sei schon heute Heiligabend. Imke bestellte einen Glühwein und nahm ihn mit nach draußen. Da kam bereits der nächste Bekannte vom Sandwall auf sie zugeschlendert: Henning Brodersen trug seinen gefütterten Trenchcoat, wie man ihn modisch am besten drapierte, weit geöffnet und locker von einem Gürtel zusammengehalten. Seine welligen Haare waren im Lauf der

Jahrzehnte grau geworden, aber mit seiner sport-
lichen Figur und den großen blauen Augen war er
immer noch äußerst nett anzuschauen. Im Licht
der Girlanden sah er jünger aus, als er eigentlich
war. Hoffentlich wirkte das bei ihr genauso …

«Moin, Henning, hü gongt et?», grüßte sie.

Henning strahlte sie an. «Moin, Imke, schön,
dich zu sehen.»

Er stellte sich zu ihr. Henning war auf der
Insel geboren, er und Imke waren zusammen
zur Schule gegangen. Heute war er Immobilien-
makler und Vorsitzender des Golfclubs. Und ein
Frauenheld, das war quasi sein Hobby. So lange
Imke zurückdenken konnte, hatte es zwischen
ihnen beiden immer ein bisschen geknistert.
Henning hatte ihr stets das Gefühl gegeben, seine heimliche Liebe zu sein. Imke hatte nie her-
ausgefunden, ob das eine Masche war, mit der
er allen Frauen schmeichelte, oder ob er es ernst
meinte. Irgendwann stellte sich die Frage nicht
mehr. Immerhin hatte sie geheiratet und vier
Kinder zur Welt gebracht. Aber seit sie nach dem
Tod ihres Mannes offiziell wieder frei war, legte
er sogar noch eine Schippe drauf. Dass sie Anfang und er Mitte siebzig war, spielte dabei keine
Rolle.

«Und, wie is? Machst gerade Urlaub?», fragte
sie.

«Von wegen. Ich bereite unter Hochdruck die

Weihnachtsfeier im Golfclub vor. An Heiligabend haben wir über zweihundert Leute da.»

«Haben die alle kein Zuhause, oder was?»

«Schon, aber viele wollen auch mal woanders feiern. Willst du nicht auch kommen? Es gibt Champagner, Kaviar, Hummer, alles vom Feinsten.»

«Nee, ich feiere mit meiner Familie, wie jedes Jahr. Diesmal machen wird es allerdings etwas anders als sonst.»

«Wie das?»

«Wir tanzen bis Mitternacht durch.»

Das war zwar noch nicht mit den Kindern abgesprochen, aber die wären begeistert, da war sie sicher.

«Und Arne?»

«Der natürlich auch, wieso fragst du?»

«Verstehe ich nicht, Arne hat sich Heiligabend bei uns angemeldet.»

Imke lachte. «Mein Sohn Arne im Golfclub? Wohl kaum.»

«Doch! Zusammen mit Lilith, seiner neuen Freundin.»

Neue Freundin? Das musste ganz frisch sein, sie hatte den Namen noch nie gehört. Wer das wohl wieder war? Ihr Sohn hatte, was Frauen anbelangte, schon viele Varianten ausprobiert: Yogalehrerin, Kettenraucherin, Tierschützerin, Squaredance-Fanatikerin. Das Problem war, dass er die jeweiligen Marotten seiner Frauen stets übernommen hatte, was der Familie einiges an Toleranz abverlangt hatte.

Aber Arne und Golfclub? Nie und nimmer! Schließlich war er mit seinen Anfang fünfzig immer noch ein Hippie. Er wohnte in einem alten Haus in Borgsum, direkt an der Landesstraße. In seinem Garten wehten eine weiße Fahne mit Peace-Zeichen und eine in Regenbogenfarben, die würde er wohl kaum auf dem Golfplatz ins Loch stecken!

«Na klar, Lilith!» Vor Henning wollte Imke nicht zugeben, dass sie von Arnes neuer Freundin noch nichts wusste.

«Also, falls du es dir noch mal anders überlegst, jederzeit gerne», bot Henning lächelnd an. «Ich halte dir den Platz neben mir frei.»

«Danke, Henning, das ist nett.»

«Ich sage das nicht nur, ich meine es auch so.» Er sah ihr tief in die Augen.

Zum Abschied umarmten sie sich, dann zog Henning weiter.

Wie kam der bloß darauf, dass Arne im Golfclub feiern wollte? Er wurde doch nicht etwa tüdelig im Kopf? Der Wind fegte mit einer heftigen Bö vom Meer über die Promenade, die Lichter an den Girlanden schwangen hin und her. Imke trank ihren Glühwein aus und machte sich auf zum Geschenkekaufen. Zuerst einmal musste sie überlegen, was sie eigentlich für wen suchte. Bei Regina, Holger und John hatte sie überhaupt keine Ahnung, denn die hatten außer Fernsehengucken und dabei Chips futtern kaum Interessen. Am besten schenkte sie ihnen einen Riesenkarton Erdnussflips, der bis Ostern reichen würde. Aber so simpel funktionierte das Schenken leider auch wieder nicht. Sönke und Maria lasen gerne, da würde sie sich bei Buchhändler Bubu am Sandwall oder in der Wyker Buchhandlung beraten lassen. Für Arnes Geschenk steuerte sie nun in die Große Straße zu Juwelier Rickmer Ricklefsen. Schon vor einiger Zeit hatte sie hier eine ganz besondere Halskette für ihren Sohn bestellt.

Voller Vorfreude öffnete sie die perfekt geputzte Glastür. Im Laden standen mehrere beleuchtete Vitrinen mit Diamanten-, Silber- und Goldschmuck. Ricky trat auf sie zu. Der Mittvierziger trug sein blondes Haar wie immer streng zur Seite gescheitelt, was zu seinem dunkelblauen Sakko passte.

«Moin, Imke.»

«Moin, Ricky.»

«Deine Wunderkette ist gestern angekommen.» Er zwinkerte ihr zu und sah mächtig stolz aus.

Arne hatte diese Art Kette auf einem Foto in der Zeitschrift *Geo* entdeckt und sie ihr begeistert gezeigt. Der Schmuck wurde in Peru von einem abgelegenen Indianerstamm gefertigt. Angeblich ging von den Steinen eine magische Wirkung aus: Wer sie trug, war vor Unglück geschützt. Daran glaubte Imke zwar nicht, für sie sah die Kette einfach wunderschön aus. Auf normalem Wege war sie nicht zu bekommen, aber Ricky hatte es wieder mal geschafft. Ein Freund von ihm wohnte in Peru und hatte sie ihm besorgt.

Jetzt holte er unter dem Tresen eine schwarze Schatulle hervor und öffnete sie. Imke setzte ihre Brille auf und beugte sich vor. Die Kette bestand aus Silber mit eingefassten Edelsteinen, die es so nur in Peru gab. Außerdem war eine Adlerfeder eingearbeitet. Sie öffnete den Verschluss und legte sich das Stück um den Hals, anschließend schaute sie neugierig in den Handspiegel, den Ricky ihr reichte.

«Könnte ich auch gut tragen, oder?»

Ricky legte ein schmales Lächeln auf. «Sei mir nicht böse, Imke, aber in deinem Alter sollte man besser zu klassischem Schmuck greifen.»

Sie sah ihn verständnislos an. «Das sehe ich komplett anders. Im hohen Alter ist es wie in der Pubertät: Du kannst machen, was du willst. Was andere denken, ist vollkommen egal. Wenn du das nicht beherzigst, steht später auf deinem Grabstein: ‹Er hat nie das gemacht, was er eigentlich wollte, sondern sich immer nur nach dem Urteil anderer gerichtet.›»

«So kann man das auch sehen», antwortete Ricky höflich. Dass der Seitenscheitel- und Edeljacketträger nicht ihrer Meinung war, wunderte Imke nicht.

«Soll ich dir die Kette abnehmen?», fragte er.

Imke überlegte einen Moment. «Danke, ich trage sie erst einmal selber, bevor ich sie verschenke.»

«Wie du meinst.»

Sie bezahlte in großen Scheinen, die sie sich extra von der Bank besorgt hatte. Das machte sie seit Jahrzehnten so, auf das Gefummel mit der Kreditkarte wollte sie nur im Notfall zurückgreifen.

«Na dann, frohe Weihnachten, Imke.»

«Dir auch, Ricky, und grüß deine Frau.»

«Mache ich, grüß du auch deine Familie.»

Er hielt ihr galant die Tür auf. Imke machte ihre Jacke gar nicht erst zu, denn sie wollte direkt rüber zu Hark Pontus' Elektroladen und sich dort nach einem Fernglas für Geeskes Mann Kurt erkundigen. Der hatte die Vogelbeobachtung als neues Hobby für sich entdeckt und konnte so was bestimmt gut gebrauchen.

Mit der Kette um den Hals fühlte sie sich wie ein anderer Mensch. Besaß das Teil etwa doch eine Zauberwirkung? Ein heftiger Windstoß blies von der See durch die Straße, eine Möwe keckerte laut. Jacke zu oder ganz schnell zu Pontus, sagte sie sich und legte einen Schritt zu.

Aber zu Elektro-Pontus kam sie an diesem Abend nicht mehr. Denn auf dem kurzen Weg dorthin hätte sie fast der Schlag getroffen.

4

Auf der Großen Straße schlenderten die Insulaner die Geschäfte entlang, die Gesichter glänzend von der Festbeleuchtung. Nur ein paar Meter von Imke entfernt blinkte ein eng umschlungenes Paar auf wie eine rote Warnleuchte: Die gehörten nicht hierher! Schon ihre Kleidung war viel zu überkandidelt für die Insel. Den Mann hätte sie fast nicht erkannt, obwohl er ihr eigen Fleisch und Blut war: Konnte das Arne sein? Alles sprach dagegen.

Ihr Sohn hatte immer an seinen langen Haaren festgehalten, selbst als sie anfingen grau und dünner zu werden. Der Pferdeschwanz war sein Markenzeichen gewesen. Den hatte er nun tatsächlich abgeschnitten. Stattdessen trug er eine Kurzhaarfrisur mit Seitenscheitel, die ihm überhaupt nicht stand. Er sah aus wie die Karikatur eines Vertreters. Hinzu kamen der dunkelblaue Wollmantel mit Gürtel, der beige Cashmere-Schal und die glänzenden Budapester Halbschuhe, in denen man bei diesen Temperaturen nur eines bekam: kalte, nasse Füße.

Was sollte das alles?

Arne hatte den Arm um die Schultern einer Frau gelegt. Sie hatte hellblond gefärbte Haare, streng nach hinten zu einem Dutt gekämmt, der von goldenen Haarklammern gehalten wurde. Nicht ein Härchen stand ab. Dazu kamen riesige Ohrringe, dunkelroter Lippenstift, eine unübersehbare Schicht Make-up und goldene Armreifen über dünnen schwarzen Lederhandschuhen. Der helle Mantel und der original Burberry-Schal taten ihr Übriges. Die Frau war deutlich jünger als Arne, wie viel, war unter der dicken Schminke schwer zu schätzen. Schon auf den ersten Blick erkannte Imke allerdings, dass sie nicht zu ihrem Sohn passte.

Und wie verhielt man sich da als weise Mutter? Richtig, man ließ sich nichts anmerken. Schließlich musste nicht *sie* mit dieser Frau zusammenleben, sondern *er*. Das würde auch gelten, wenn die Frau ein Monster vom Mars gewesen wäre.

«Moin!», grüßte Imke freundlich.

«Ach, moin, Mama», rief Arne, der so beschäftigt mit seiner Begleitung war, dass er seine Mutter fast gar nicht bemerkt hatte. «Darf ich dir Lilith Becker vorstellen?»

«Angenehm», sagte diese.

Ihre schneidende Stimme harmonierte bestens mit ihren schmalen Lippen. Lilith gab Imke die Hand, ohne mit ihren grünen Augen ein Lächeln anzudeuten.

«Ja», sagte Imke bloß, weil ihr nichts Besseres einfiel.

«Oh, Hippieschmuck», bemerkte Lilith und deutete auf die Kette um Imkes Hals. Sie hatte sie vollkommen vergessen. Mist, damit war die Weihnachtsüberraschung für Arne verdorben!

Lilith drehte sich zu Arne: «Du hast mir gar nicht erzählt, dass deine Mutter ein Öko ist.»

«Die Kette gehört gar nicht mir. Sie soll ein Geschenk werden», sagte Imke schnell.

«Im Ernst – wer soll denn so was tragen?»

«Es gibt immer ein paar Irre», sagte Arne.

Meinte er das ernst? Machte er jetzt einen auf edel? Die Luxusnummer würde er nie durchhalten, so gut kannte sie ihren Sohn. In Wirklichkeit fühlte er sich in Holzfällerhemd und mit Stirnband im Haar am wohlsten.

«Wollen wir weiter, Arno?», fragte Lilith nun.

Imke war irritiert: Wieso sprach sie seinen Namen falsch aus? Und wieso korrigierte Arne sie nicht? Sie fühlte sich gezwungen einzuschreiten. Sie hatte ihren Sohn so genannt, weil sie den Namen schön fand, und nicht, weil ihr kein anderer eingefallen war.

«Wieso Arno?», fragte sie. «Er heißt Arn-*e*.»

Ihr Sohn warf seiner Neuen einen verliebten Blick zu und lachte. «Lilith findet, dass Arno besser zu mir passt. Ist doch lustig, oder?»

Was hatte sie in ihrer Erziehung bloß falsch gemacht, dass so etwas dabei herauskam? Ihr wurde kalt. Jetzt erst fiel ihr auf, dass sie ihre Jacke immer noch nicht zugemacht hatte.

«Lilith hat die Hansen-Mühle in Oldsum gemietet», erklärte Arne. «Ich wohne da jetzt auch, komm doch mal auf einen Kaffee bei uns vorbei.»

Prima Idee, nachdem sie sich auf Anhieb so gut mit Lilith verstand. Sie hätte gerne nachgefragt, was es mit dem Heiligabendessen im Golfclub auf sich hatte, aber die Blöße wollte sie sich jetzt nicht geben.

Lilith kräuselte die Lippen. «Ich würde die Mühle gerne kaufen, aber der Besitzer zickt noch wegen des Preises herum. Wirklich schlimm, wie raffgierig der ist.»

«Hauke Ingwersen?» Imke kannte ihn gut. Ihm gehörte die Bäckerei in Midlum. Als raffgierig war er nicht bekannt, aber Hauke wusste natürlich, was man von wohlhabenden Leuten vom Festland nehmen konnte.

«Ja, so heißt er. – Ist das hier so üblich?»

Wollte sie jetzt auch noch die Föhrer schlechtmachen?

«Nee, das machen wir nur mit blöden Tussen wie dir», erklärte Imke. Endlich war es raus, die Fronten waren geklärt. Was sollte sie auch heucheln? «Du hast doch die Kohle, also was soll's?»

Natürlich sagte sie das NICHT. Das verbot ihr einfach ihre anerzogene Höflichkeit. Aber sie hätte es gerne gesagt, und zwar genau so! Falls sie länger mit dieser Lilith zu tun haben würde, würde es mit Sicherheit zum Eklat kommen. Fast freute sie sich schon darauf.

«So ist der Immobilienmarkt nun mal – ob es einem gefällt oder nicht», erwiderte Imke.

«Oh, guck mal, wie süß!», fiepte Lilith plötzlich. Sie machte sich von Arne los und rannte zu einer Frau, die gerade einen Rehpinscher an Pontus' Laden vorbeiführte. Lilith ging auf die Knie und streichelte das Tier.

«Sie liebt Hunde über alles», sagte Arne mit einem versonnenen Lächeln.

«Hat sie selber auch einen?»

«Vielleicht bald», zwinkerte Arne ihr zu.

«Verstehe, Weihnachten.» Sie sahen schweigend zu, wie Lilith den Hund liebkoste.

Und Imke wusste auch schon, wo der Hund bleiben würde, falls die beiden sich wieder trennten: Da ihr Sohn als vielbeschäftigter Surflehrer wenig Zeit hatte, würde *sie* am Ende der Betreuungskette stehen, zumindest in den Sommermonaten …

«Weiß sie, dass Hunde riechen, wenn sie aus dem Regen kommen?», erkundigte sich Imke.

«Mama, was soll das?»

Imke zuckte mit den Achseln. Das Liebesleben deines Sohnes geht dich nichts an, hämmerte sie sich ein. Aber ihre dringendste Frage wollte sie jetzt doch nicht aufschieben, zumal Lilith gerade beschäftigt war:

«Stell dir vor, Henning schnackt überall herum, dass du im Golfclub Weihnachten feiern willst. So ein Tünkram!»

Arne räusperte sich. «Nee, das stimmt schon. Lilith findet das super. Und ich dachte mir, warum nicht mal was Neues probieren?»

Imke bekam einen Kloß im Hals.

In dem Augenblick löste sich Lilith von dem Rehpinscher und trat wieder zu ihnen.

«Wo kommen Sie eigentlich her, wenn ich fragen darf?», erkundigte sich Imke.

«Sylt.»

«Ach so.»

Wieso bestätigten sich Vorurteile so oft? Dabei gab es doch auch nette Sylter.

5

Nach Geschenkekaufen war Imke nun nicht mehr zumute. Sie sah zu, dass sie so schnell wie möglich aus der Altstadt herauskam. In den Seitengassen war es still. Vereinzelte Regentropfen funkelten im Licht der Straßenlaternen. Imke suchte sich die dunkelste Ecke aus und blieb einen Moment stehen. Die Bäume im benachbarten Stadtwald ächzten im Wind.

Mit wem Arne sich zusammentat, war sicherlich seine Sache. Aber wieso musste er deswegen Heiligabend mit der Familie absagen? Einmal im Jahr nur sollte es richtig toll werden bei ihr zu Hause, und zwar mit allen! Und er sollte fehlen? Das erste Mal überhaupt?

Sie wanderte hinüber zum Südstrand und schaute aufs rauschende Meer. Eine düstere Welle rollte mit weißer Gischt auf der Spitze heran und brach kurz vor dem Strand mit lautem Getöse. Was in den unendlichen Weiten des Ozeans passierte, würde nie ein Mensch sehen und erfahren, es blieb das Geheimnis des Meeres. Sie hielt inne. Vielleicht war sie einfach zu altmodisch, was Heiligabend anbelangte. Ging es nicht auch anders?

Würde es ihr Leben nachhaltig verändern, wenn sie ohne Arne feierte? Bestimmt nicht.

Oder doch? Wer würde dann die Weihnachtsgans mit exotischen Gewürzen verfeinern? Wer würde Hippielieder auf der Gitarre spielen, während alle anderen sich auf «Stille Nacht» einigten? Wer würde sie, nachdem sie sich wegen Nichtigkeiten in die Wolle gekriegt hatten, wieder zum Lachen bringen? Und diesmal sollte er einfach wegbleiben? Wegen einer Sylter Frau, mit der er voraussichtlich ohnehin nicht länger als drei Monate zusammenbleiben würde? Unvorstellbar.

Mechanisch steuerte Imke den Weg zum Polizeirevier an, das direkt am Hafen lag. Dort wusste man mit Sicherheit mehr über diese Lilith Becker, zumindest ihr Geburtsdatum und ihre Adresse. Imke wollte alles über sie erfahren.

Als sie am Hafen ankam, legte die letzte Fähre zum Festland ab. Es war kaum jemand an Bord, die Adventszeit war nicht gerade Hauptsaison. Imke war gerne hier, sie mochte den Geruch nach Fisch und Seetang. Neben der Eingangstür des Reviers hing ein beleuchteter Schaukasten mit Fahndungsplakaten, auf denen ihr Verbrecher mit finsteren Mienen entgegenstarrten.

Sie drückte die Klingel neben dem Eingang. Kurz darauf öffnete Maria höchstpersönlich die Tür. Ihre Enkelin trug Uniform, aber ohne Jacke.

Sie sah immer etwas streng darin aus, doch das war sie gar nicht.

«Moin, Oma», sagte Maria erstaunt. «Ist etwas passiert?»

Normalerweise tauchte Imke während Marias Dienstzeit hier nicht auf.

«Moin, mien Deern.»

Sie umarmten sich, wobei Marias Gürtel mit der Pistole etwas unangenehm an Imkes Hüften drückte. Ihre Enkelin mit einer Waffe zu sehen, bereitete ihr immer leichtes Unbehagen. Zum Glück war Föhr nicht für Clankriminalität und Gewaltexzesse bekannt. Und trotzdem, man wusste nie …

«Mensch, Oma, du siehst bedröppelt aus», meinte Maria, als sie hineingingen.

«Bin ich auch.»

«Was ist denn los?»

Wusste ihre Enkelin überhaupt schon von der neuen Freundin ihres Vaters?

Sie setzten sich in Marias Büro mit zwei gegenüberliegenden Schreibtischen, auf denen jeweils ein Computer stand. Sie teilte sich das Zimmer mit einem Kollegen.

Durch die großen Fenster zum Hafen konnte Imke beobachten, wie sich die Fähre von der Insel entfernte. «Du hast eine neue Stiefmutter», sagte sie. Wobei das vielleicht etwas zu dramatisch klang, immerhin war Maria fast dreißig.

Maria grinste gelassen. «Echt? Papa hat frauenmäßig wieder was am Laufen?»

«Sie heißt Lilith Becker.»

«Nie gehört. Sie kommt nicht von der Insel, oder?»

«Nee, von Sylt.»

«Das ist ja mal was ganz anderes. Sylt hatten wir noch nicht, stimmt's?»

Ihre Enkelin hatte recht, Arnes Freundinnen waren in den letzten Jahren fast ausschließlich Touristinnen vom Festland gewesen.

«Hast du sie schon kennengelernt?», fragte Maria.

«Ja, leider.»

Maria verdrehte ihre großen braunen Augen. «Oje, hat er wieder danebengegriffen?»

Imke nickte. «Diesmal aber ganz anders als sonst. Er ist in der Abteilung ‹schick mit Perlenkette› gelandet.»

«Mein Öko-Papa?» Maria lachte laut auf. «Niemals!»

Imke war überhaupt nicht nach Lachen zumute. «Du hättest ihn mal sehen sollen, mit teurem Wollmantel und Cashmere-Schal.»

«Wer ist denn diese Lilith Becker?», fragte Maria.

«Ich dachte, das könntest du mir sagen.»

Maria setzte sich an den Polizeicomputer. «Okay, das haben wir gleich.» Sie tippte den Namen ein und starrte auf den Bildschirm. Kurze Zeit später warf sie die Infos aus: «Lilith Becker, geboren in Münster, wohnhaft in Kampen auf Sylt. Lebt zusammen mit einem Robert Stadler, warte …» Sie drückte ein paar Tasten. «Der ist Juwelier in Kampen.»

«Wie alt ist sie?», fragte Imke. Das war in der grellen Adventsbeleuchtung schwer zu erraten gewesen. «Nee, Moment, lass mich raten: zwanzig Jahre jünger als Arne?»

Maria sah sie empört an. «Unsinn, Oma, was denkst du bloß von deinem Sohn?»

«Und?»

«Nur neunzehneinhalb Jahre jünger.» Maria grinste.

«Also das Übliche.»

Maria drehte sich erneut zum Bildschirm. «Interessanterweise hat Robert Stadler Anzeige gegen sie erstattet. Aber die hat er einen Tag später wieder zurückgezogen.»

Imke horchte auf. «Worum ging es?»

«Schmuckdiebstahl.»

«Ob Arne davon weiß?»

Marias Gesicht wirkte angespannt. «Mit Sicherheit hat sie Ärger am Hals.»

«Jedenfalls muss sie Schotter haben.»

«Wieso?»

«Sie will Hauke Ingwersens Mühle in Oldsum kaufen.»

Maria pfiff durch die Zähne. «Dafür muss sie aber einiges hinlegen.»

«Arne wohnt da neuerdings mit ihr.»

«Und wieso weiß ich nichts davon?»

Sie schwiegen einen Moment. Die Fähre war nur noch als kleiner heller Punkt im dunklen Meer zu erkennen.

«Arne hat Heiligabend bei mir abgesagt», sagte Imke leise.

«Wieso das denn?»

«Seine Neue möchte mit ihm im Nieblumer Golfclub dinieren.»

«Spinnt der?»

«Dabei hatte ich gedacht, dass wir Heiligabend dieses Mal alles anders machen.»

«Wie das?»

Sie erzählte Maria, wie sie sich das Fest vorgestellt hatte.

Maria war begeistert. «Ich tanze auf jeden Fall bei dir mit, Oma!»

«Du kannst ruhig auch in den Golfclub gehen, Arne ist immerhin dein Vater.»

Jetzt stand Maria auf und nahm sie in den Arm. «Ich bin ja wohl erwachsen und kann das selber entscheiden, oder? Natürlich feiere ich mit dir – wie jedes Jahr. Allerdings habe ich bis zehn Spätschicht auf der Wache, aber dann komme ich sofort nach, versprochen!»

Imke merkte, wie ihr vor Rührung eine Träne

die Wange hinablief. Sie drehte sich zur Seite. «Du bist die tollste Enkelin, die sich eine Oma wünschen kann.»

Maria griff in eine Schublade und holte eine Plastik-Wasserflasche heraus, die mit einer braunen Flüssigkeit gefüllt war.

«Manhattan?», fragte sie.

Das war das Nationalgetränk der Insel, eine Mischung aus Bourbon und Vermouth, die sich jeder Insulaner selbst mixte. Ohne die Antwort abzuwarten, stellte Maria zwei Wassergläser auf den Tisch und füllte sie bis zum Rand.

«Darfst du das denn im Dienst?», fragte Imke.

Maria verzog keine Miene. «Nur bei außergewöhnlichen Notfällen.» Sie drückte ihr ein Glas in die Hand und stieß mit ihr an. «Sünjhaid.»

«Sünjhaid.»

«Jemand muss Arne warnen», meinte Imke.

«Mach dir keine Sorgen, Oma, ich regele das», versprach Maria und lächelte.

Sie blickten stumm auf den Hafen hinaus, an dessen Rändern das Eis schon sehr dick geworden war.

6

Maria liebte ihren Vater. Er hatte ihr als Kind mehr Freiheiten gelassen als die meisten anderen Väter, die sie kannte. Was nicht hieß, dass er ihr nicht auch wichtige Werte vermittelt hatte, Aufmerksamkeit und Toleranz zum Beispiel. Doch das war bei ihm sehr locker gelaufen, fast nebenbei. Das Entscheidende war: Sie hatte sich immer auf ihn verlassen können, egal, was war. Nur dass sie Polizistin werden wollte, hatte ihn, den Althippie, damals schwer irritiert. Aber auch daran hatte er sich gewöhnt, er war eben von Grund auf ein gutmütiger Mensch.

Manchmal lief er allerdings kurzzeitig aus der Spur, vor allem, wenn es um Frauen ging. Es war immer dasselbe: Wenn ihr Vater jemanden kennenlernte, verlor er die Kontrolle über sich selbst. Frauen waren einfach seine große Schwäche. Jedes Mal, wenn er sich wieder auf eine neue eingelassen hatte, hieß es: «Bei ihr habe ich endlich das Gefühl, bei mir angekommen zu sein.» Oder: «Alles in meinem Leben lief nur auf sie zu!» Wenn man das ein Dutzend Mal gehört hatte, wurde es schwierig, das noch ernst zu nehmen. Immerhin, so viel konnte Maria sagen: Wenn ihr Papa sich verliebte, dann richtig – und zwar jedes Mal aufs Neue. Ging es dann wieder auseinander, tat er einem vor allem leid.

Bestimmt hatte er nicht richtig nachgedacht, als er bei Oma für Heiligabend abgesagt hatte. Die beiden hatten eigentlich ein enges Verhältnis. Und auch wenn Oma es nie zugeben würde, spürte man es doch: Arne war ihr Lieblingssohn. Deswegen hatte die Absage sie auch so stark getroffen. Zwar hatte sie sich gestern, als sie so unerwartet auf dem Polizeirevier aufgetaucht war, zusammengerissen, aber Maria kannte sie. Dass ihr Sohn nicht zum schönsten Fest des Jahres käme, würde sie nicht einfach so wegstecken. Weihnachten war für sie wichtiger als ihr Geburtstag.

Jetzt war Maria an der Reihe. Als Arnes einziges Kind hatte sie großen Einfluss auf ihn, sie würde ihn schon wieder auf Kurs bringen. Bestimmt würde er seine Absage rückgängig machen, wenn sie erst mal mit ihm geredet hatte.

Das Außenthermometer am Küchenfenster zeigte knapp unter null Grad an. Maria machte sich zum Frühstück zwei Toasts mit selbst eingekochter Johannisbeermarmelade und einen heißen Tee. Dann zog sie sich einen Mantel über, setzte sich in ihren Polizeiwagen und fuhr durch die offene Marsch, die flach vor ihr lag. Darüber wölbte sich ein knallblauer Himmel, die Luft war frostig und klar. Und wieder brachte das Wintersonnenlicht alles zum Leuchten.

Schon nach kurzer Zeit war die alte Holländermühle zu sehen, sie war die höchste Landmarke weit und breit. Maria kannte sie zwar als Inselwahrzeichen, war aber noch nie drinnen gewesen. Sie erinnerte sich an einen Einsatz der Freiwilligen Feuerwehr Oldsum, bei der die Flügel des Bauwerks gerettet werden mussten, nachdem sie sich bei einem Orkan gelöst hatten. Maria hatte damals die Straße abgesperrt.

Direkt vor dem prächtigen Gebäude kam ihr Wagen zum Stehen. Ein Feuerwehrmann hatte ihr damals erklärt, dass die Müller. früher die Position der Flügel als Zeichen für die Bauern der Umgebung positioniert hatten. Standen sie wie ein + , hieß das, sie hatten Pause. Ein × stand für Feierabend. Und ein schräg nach links gedrehtes + war die Stellung bei Trauer: Genau so standen die Flügel jetzt, als Maria auf die Mühle zuging, aber das war bestimmt Zufall. Sie schaute nach oben. Rund um die erste Etage verlief ein Balkon, der im Sommer ideal zum Sonnen war. Fast konnte man vergessen, dass Mühlen nicht gebaut worden waren, um das Auge zu erfreuen, sondern dass hier tatsächlich einmal Bauern ihr Mehl gemahlen hatten.

Sie klopfte energisch an die Tür und trat ein,

ohne abzuwarten. So war es auf Föhr üblich. Schon kam Arne ihr entgegen. Sein Anblick war schockierend. Dieser Mann in schwarzer Anzughose und weißem Hemd konnte nicht ihr Vater sein! Noch schlimmer waren die kurzen Haare. Maria konnte sich nicht erinnern, ihn jemals ohne Pferdeschwanz gesehen zu haben. Sie riss sich jedoch zusammen und beschloss, erst mal nichts dazu zu sagen.

«Moin, Papa.» Sie umarmte ihn.

Arne legte die Stirn in Falten und lächelte. «Maria!»

«Du wohnst jetzt hier?», fragte sie.

Er nickte. «Toll, nicht?»

Sie musste ihm zustimmen. Im Vergleich zu seiner schlichten Zweizimmerwohnung an der Landesstraße in Borgsum war die Mühle ein echter Aufstieg – im wörtlichen wie im übertragenen Sinn.

Erst einmal führte er sie herum. Seine Freundin schien gerade nicht da zu sein, was Maria nur recht sein konnte. Das alte Mahlwerk war noch vollständig erhalten und wurde mit modernen Möbeln kontrastiert, die Hauke Ingwersen hier aufgestellt hatte. Alles war sehr geschmackvoll eingerichtet, besonders das halbrunde Badezimmer mit der Schieferverkleidung gefiel ihr.

«Wow», sagte sie anerkennend.

Ihr Vater lächelte stolz.

Nach der Führung setzten sie sich in die Küche im zweiten Stock, die direkt hinter dem Mahlwerk lag. Hier war früher das Mehl hergestellt worden. Das alte Holzgebälk ächzte leise im Wind. Der Ausblick aus den verschiedenen Fenstern war nicht zu toppen: Von einem sah man weit in die Marsch, vom anderen auf die Häuser von Oldsum, und auf der nächsten Seite blickte man über den Deich hinweg auf das Wattenmeer mit den hellen Dünen der Insel Sylt.

Arne erhob sich und kochte ihnen einen Friesentee, den er in einer edlen weißen Designerkanne auf ein Stövchen stellte. Und dann sagte er es tatsächlich wieder, ohne dass sie danach gefragt hätte: «Weißt du, mit Lilith habe ich das Gefühl, endlich bei mir angekommen zu sein.»

Innerlich verdrehte sie die Augen. Konnte das wahr sein?

Aber dann musste sie lächeln. Ihr Papa war ihr Papa, und das würde er auch bleiben, egal, was passierte.

«Ist das jetzt eine Art Spätpubertät oder schon deine Midlife-Crisis?», fragte sie. Oje, das war ihr jetzt so rausgerutscht.

Er reagierte gereizt. «Maria, *ich* werde mit ihr leben, nicht *du*!»

«Und wo habt ihr euch kennengelernt?»

Mit dieser Frage brachte man sogar Paare zum Schmelzen, die kurz vor der Scheidung standen.

Denn für jedes Paar war die Geschichte, wie man sich kennengelernt hatte, mit starken Gefühlen und unerwarteten Wendungen verbunden.

«Ich bin bei Sturm am Sylter Strand spazieren gegangen, und Lilith wehte mir quasi entgegen.» Arne lächelte entrückt. «Es war Magie! Wir haben so miteinander geredet, als würden wir uns schon seit Jahren kennen.»

«Was hattest du denn auf Sylt zu suchen?»

Auch wenn die Nachbarinsel in Sichtweite lag, war es doch sehr umständlich, dort hinzukommen. Man musste mit der Fähre von Wyk aufs Festland fahren, vom Dagebüller Hafen den Zug nach Niebüll nehmen und dort in den Zug nach Westerland umsteigen.

«Ich wollte meinen Horizont erweitern», erklärte Arne pathetisch. «Und das ist mir mit Lilith auch gelungen.»

Ging es vielleicht auch etwas kleiner?

«Will sie denn überhaupt auf Föhr bleiben?» Maria rührte den Zucker in ihrer Teetasse um.

«Ja, Lilith plant, in Nieblum einen Laden für Modeschmuck zu eröffnen.»

«Und weswegen will sie weg von Sylt?» Maria hatte eine Vermutung, die sie aber lieber nicht aussprach: *weil sie dort Schmuck geklaut hat.*

«Eigentlich hat es damit zu tun, dass ihr der Föhrer Golfclub besser als der Sylter gefällt», antwortete ihr Vater.

Hörte sie da einen pampigen Unterton raus? Oder war das ernst gemeint?

«Ah ja. – Spielst du jetzt auch Golf?»

«Habe ich immer schon, mehr oder weniger.»

So ein Quatsch.

Maria spürte, dass sie langsam zum eigentlichen Anlass ihres Besuchs kommen musste. Sie schaute hinaus auf den Sylter Leuchtturm und holte dann tief Luft. «Was ist denn nun mit Heiligabend? Oma sagt, du willst nicht kommen?»

«Das ist längst mit ihr geklärt», behauptete er und nahm einen Schluck Tee. «Lilith und ich wollen erst in den Golfclub und dann hier zu zweit feiern.»

«Och, Papa, du weißt aber doch, wie sehr Oma sich freuen würde, wenn du wieder dabei wärst. Du kannst Lilith ja mitbringen.»

«Damit sie unseren alljährlichen Familienstreit live miterlebt? Das kann ich ihr nicht antun!»

Maria lächelte vielsagend. «Dieses Jahr wird alles ganz anders. So wie Oma es sich vorstellt, reden wir gar nicht miteinander.»

Ihr Vater sah sie verblüfft an. «Um stattdessen *was* zu machen?»

«Tanzen.»

Arne schüttelte den Kopf. «Dann streiten wir uns eben über die Musik.»

Maria ließ sich nicht aus der Ruhe bringen.

«Jeder muss sich drei Titel aussuchen, und keiner darf über den Wunsch des anderen meckern. Das ist die Regel.»

«Maria, nimm es mir nicht übel, aber ich möchte dieses Jahr wirklich mit Lilith alleine sein.»

«Nur für eine Stunde, Papa? Es ist schließlich Heiligabend.»

Er schaute tief in seine Tasse. «Diesmal nicht.»

«Und das nur wegen deiner Neuen?»

«Sie ist nicht irgendeine Frau.»

«Klar.»

«Dazu solltest du wissen, dass Lilith in letzter Zeit einiges durchgemacht hat.»

Maria legte den Arm um seine Schulter. «Umso schöner wäre es doch für sie, wenn sie in unserer Familie feiern könnte. Das ist viel gemütlicher als mit den ganzen fremden Leuten. Und du weißt doch, wie herrlich geschmückt es bei Oma immer ist.»

Arne sah jetzt ganz weich und gefügig aus, gleich hatte sie ihn so weit.

«Ich würde ja gerne, aber Lilith braucht mich jetzt. Der Golfclub tut ihr gut. Für mich ist es ein echtes Opfer, aber es muss sein.»

Was für ein Gerede.

«Deine Mutter braucht dich auch!», widersprach Maria. «Vergiss nicht, sie ist nicht mehr die Jüngste.»

Das Gesicht ihres Vaters verdüsterte sich. «Ich

habe übrigens gestern mit Regina geschnackt. Sie denkt auch darüber nach, alleine zu feiern.»

Was? Ihre Tante Regina auch? Und wieso wusste Oma nichts davon? Was war denn bloß mit den Riewerts los?

Auf der Rückfahrt war sie so wütend auf ihren Vater, dass sie kaum noch Auto fahren konnte. Er kam ihr plötzlich so unnahbar vor, wie ferngesteuert hatte er gewirkt.

Gut, Oma würde nicht alleine bleiben. Tante Geeske und Onkel Kurt würden aus Norderstedt anreisen, zusammen mit ihrem Sohn Sönke, auf den Maria sich schon riesig freute. Blieb die Frage, was mit Regina, Holger und John war. Am besten, sie klärte das gleich.

Sie steuerte das Wyker Postamt an, hinter dem Regina mit ihrer Familie wohnte. An dem vertrauten Einfamilienhaus in der Rungholtstraße drückte Maria auf die Klingel.

Regina öffnete die Tür und riss die Augen auf. «Maria?»

Sie war rund, das war sie schon immer gewesen. Aber Maria fand, Regina gehörte so, es musste ja nicht jeder ein Strich in der Landschaft sein. Ihr dunkles Haar trug sie neuerdings als Pagenkopf, was ihr nicht besonders stand, aber das sagte Maria natürlich nicht.

«Moin, Regina.»

«Komm rein.»

Maria trat in den Flur.

«Wie findest du meine neue Frisur?», fragte ihre Tante als Erstes. «Ich fühle mich damit wie ein neuer Mensch.»

Was sollte sie sagen, ohne zu lügen?

«Schön.»

Die Wahrheit war vollkommen egal.

Über die alten Stiche, die im Flur hingen, staunte Maria schon lange nicht mehr. Sie zeigten den dänischen König im neunzehnten Jahrhundert und den Dichter Hans Christian Andersen, beide waren auf Föhr zur Kur gewesen. Auch das vollständig mit dunkelbraunem Holz vertäfelte Wohnzimmer war Maria nicht anders gewohnt. So etwas mochte Regina eben, und das war allein ihre Sache. Es war klar, dass ihr Vater hier die Krätze bekam, und sogar für Oma Imkes Geschmack war das alles extrem altbacken. Wobei Oma als ausgewiesener Kitschfan die Porzellantiere schon wieder herrlich fand ...

«Wo steckt denn dein Mann?», erkundigte sich Maria.

«Im Hafen, wegen dem Weihnachtsbaum.»

Holger arbeitete in der Stackmeisterei, die für Bojen und Seezeichen zuständig war. Heute hatte er eine besondere Aufgabe: Er brachte den Weihnachtsbaum unter der gelben Lampe neben der Hafeneinfahrt an. Wenn die Tanne dort stand und im Dunkeln beleuchtet wurde, wirkte sogar das Meer weihnachtlich.

Sie setzten sich an den großen Esszimmertisch.

«Weißt du was wegen Papa?», fragte Maria ohne Umschweife.

Regina grinste. «Ich habe ihn gestern mit seiner neuen Tusse gesehen.»

«Und was sagst du?»

«Wenn du mich fragst, hält das bis Silvester – allerhöchstens.»

«Auf jeden Fall will Papa nicht mit uns Heiligabend feiern.»

«Ich weiß, hat er mir auch schon gesagt.»

Maria schoss das Blut in den Kopf. «Und wieso rufst du dann Oma nicht an?»

«Ehrlich gesagt überlegen wir auch, mal unter uns zu feiern.»

Wie es Oma damit ging, fragte sie sich anscheinend nicht. Aber Mitgefühl war noch nie Reginas Stärke gewesen. Maria überlegte: Damit blieben tatsächlich nur noch vier aus der Familie übrig, Geeske, Kurt, Sönke und sie.

«Okay, dann feiern Oma und ich halt mit den Norderstedtern.»

Doch auch da wurde eine weitere Tür vor ihrer Nase zugeschlagen: «Geeske und Kurt sind Weihnachten auf den Kanaren. Wusstest du das nicht?»

«Was? Wieso das denn?»

«Ganz spontan, last minute.»

«Mit Sönke?»

«Der wohl nicht.»

Was nicht bedeutete, dass er sich auf den Weg nach Föhr machen würde. Oder doch? Und sie selbst konnte ja auch erst nach der Spätschicht da sein.

Das Weihnachtsfest der Familie Riewerts würde dieses Jahr wohl weder friedlich noch spannungsgeladen werden. So, wie es aussah, würde es gar nicht stattfinden. Arme Oma!

7

Die Meeresoberfläche glitzerte so heftig in der Wintersonne, dass Imkes Augen schmerzten. Sie setzte ihre Audrey-Hepburn-Sonnenbrille auf. Auf der Promenade war kein Mensch zu sehen, mutterseelenallein lag sie am Wyker Südstrand, gleich neben dem Beachvolleyball-Spielfeld. Genau hier hatte sie vor über sechzig Jahren schwimmen gelernt. Der Bademeister hatte eine Glatze und trug einen gezwirbelten Schnurrbart, der nie nass werden durfte. Fehlte nur noch der geringelte Badeanzug, dann wäre er als Witzblattfigur perfekt gewesen. Es hatte nicht lange gedauert, dann schwamm Imke allen davon. Als Inselkind war ihr das Meer vertraut, sie hatte in den warmen Monaten täglich im Wasser gespielt. Aber richtig schwimmen zu können gab ihr das Gefühl, dass sie nun bis nach Amerika kraulen konnte. Dorthin war ihre Cousine Hedda gezogen.

Heute war ihr so warm wie an einem Augusttag. Dabei war Mitte Dezember, und das Thermometer zeigte minus drei Grad, an der Wasserkante hatte sich bereits eine Eiskruste gebildet. Dieses einzigartige Licht gab es nur in der Adventszeit, es war ein Geschenk. Als wenn sich der gesamte Planet für das nordfriesische Wattenmeer noch einmal extra zur Sonne neigte, um das Schönste für die Insel herauszuholen.

Da musste Imke nun über siebzig Jahre alt werden, um zu erleben, dass sie sich auch im frostigen Dezember in der Sonne aalen konnte. Und das nur dank des neuen Polarschlafsacks, den Arne ihr vor einigen Wochen aus Hamburg mitgebracht hatte. Er war gefüttert mit kuscheligen Entendaunen. Die Tiere waren laut Herstellergarantie anständig behandelt worden, das war ihr wichtig. Auf den Schlafsack war sie gekommen, als sie im Fernsehen eine Reportage über eine Polarexpedition gesehen hatte. Ein Abenteurer hatte das Modell euphorisch gelobt, ohne es hätte er es nie zu Fuß bis zum Nordpol geschafft. Sie schaltete sofort: Wenn solche Schlafsäcke die Kälte im extremen Norden abhielten, würden sie es auch auf Föhr tun. Eine simple Wahrheit, die für sie die Hauptsaison auf volle zwölf Monate verlängerte. Denn nun konnte sie das ganze Jahr über am Strand liegen, ohne jemals auch nur ein bisschen zu frieren. Die Wärme erzeugte dabei allein ihr Körper, die Daunen schirmten sie bei Kälte vollständig von der Außentemperatur ab. Nur ihre Nase schaute unter der Sonnenbrille heraus.

Die Luft roch nach Meersalz, das klare Nordseewasser nippte an der Strandkante. Immer wenn es sich zurückzog, wurden drei weiße Miesmuscheln sichtbar, die im nassen Sand einen Halbkreis bildeten und aufleuchteten wie Schmuckstücke. Der blaue Himmel, der sich bis zum Horizont über die Nordsee spannte, war riesig, und die Sonne gab wirklich alles. Gegenüber lag die schmale Hallig Langeneß, die sich zehn Kilometer lang ausstreckte. Alle paar hundert Meter standen dort alte Reetdachhäuser flutsicher auf hohen Warften.

Vom kleinen Hafen in Langeneß nahm ein Krabbenkutter mit rotem Rumpf Kurs Richtung Wyk. Imke verfolgte, wie er ganz langsam, aber beharrlich über das Wasser glitt. Sie konnte sich vorstellen, dass das Claas Hinrichsen und seine Familie waren. Vor ein paar Tagen hatten sie miteinander telefoniert, die Hinrichsens waren über ein paar Ecken mit ihrer Familie verwandt, aber vor etwa hundert Jahren auf die gegenüberliegende Hallig ausgewandert. Wenn nicht gerade Landunter war, kamen sie in der Adventszeit regelmäßig nach Wyk rüber, um Geschenke einzukaufen.

Imke fummelte an ihrem Discman herum, den sie mit in den Schlafsack genommen hatte. Sie steckte die Kopfhörer in die Ohren und hörte ihre Lieblingslieder.

In einer guten Woche war Heiligabend. Als

Kind hatte sie sich immer vorgestellt, dass Jesus in einer Reetdachscheune auf Föhr zur Welt gekommen war. So wurde es jedenfalls von den Konfirmanden im Krippenspiel des Nieblumer Friesendoms dargestellt. Die Heiligen Drei Könige hießen in dem Stück nicht Kaspar, Melchior und Balthasar, sondern Hauke, Sören und Kai. Imke war überrascht gewesen, als sie später irgendwann erfuhr, wie weit Bethlehem von Föhr entfernt lag. Aber der besondere Stern, den die Könige gesehen hatten, schien direkt über ihrer Heimatinsel Föhr, davon ließ sie sich bis heute nicht abbringen.

Am liebsten hätte sie den Schlafsack bis Neujahr nicht verlassen. Denn mittlerweile mochte sie in Nieblum kaum noch rausgehen, überall wurde sie von den Nachbarn auf das bevorstehende Weihnachtsfest angesprochen. Allen schien es gut zu gehen, nur ihr nicht. Gerade gestern hatte sie bei Edeka Hückstedt so eine Situation erlebt. Sie hatte ihre wenigen Einkäufe aufs Band gelegt, viel brauchte sie als Alleinlebende ja nicht.

«Wir haben Heiligabend ja wieder alle Enkel bei uns», verkündete Kassiererin Simone. «Die bleiben bis Neujahr, das genügt dann auch. Ganz ehrlich, danach bin ich froh, wieder meine Ruhe zu haben. – Du kennst das ja.»

Imke versuchte ein Lächeln.

«So schön das ist, wenn sie kommen, so schön

ist es hinterher auch, wenn wieder Ruhe ist», pflichtete Carla von der Käsetheke ihr bei.

«Hast du auch wieder die ganze Inselsippe bei dir zu Besuch, Imke?», erkundigte sich Simone.

«Na klar, plus die Norderstedter», sagte Imke.

Unglaublich, wie sie sich das schönredete. Dabei hatte sie im Matheunterricht doch gelernt, dass alles null ergab, wenn man es mit null multiplizierte. Unwillkürlich musste sie an Lilith denken. Die hatte mit ihrer Absage den Dominoeffekt in der Familie ausgelöst. War es denn zu viel verlangt, einmal im Jahr alle ihre Lieben um sich haben zu wollen?

Vielleicht wurde Weihnachten ja überschätzt, und sie sollte einfach lockerlassen. In Wirklichkeit waren die Riewerts an Heiligabend eine Ansammlung von streitenden Kotzbrocken, da war es im Grunde ein Segen, dass das wegfiel. Und selbst wenn Maria und Sönke auch noch absagten, würde sie Weihnachten auf keinen Fall alleine bleiben. Denn einen Menschen gab es, der sich riesig freuen würde, mit ihr zu feiern. Sonst hatten sie sich immer heimlich am dreiundzwanzigsten gesehen, was keiner in der Familie auch nur ahnte.

Sie schob ihre Sorgen beiseite. Die Adventszeit würde sie jedenfalls begehen wie immer, das ließ sie sich nicht nehmen! Morgen würde sie noch mal in die Altstadt gehen, um die letzten Geschenke zu besorgen. Ob die Sachen nun an Heiligabend übergeben wurden oder irgendwann später, war ja letztlich egal.

Sie fasste sich an den Hals. Noch immer trug sie die peruanische Indianerkette mit der Adlerfeder. Wer wusste schon, was sie noch alles bewirken würde? Und so zogen Imkes Gedanken unter der gleißenden Sonne immer größere Kreise, bis sie langsam wegdämmerte.

8

Als Imke aufwachte, war es dunkel. Es war absolut still um sie herum, kein Möwenschrei war zu hören, nichts. Gegenüber blinkte der Leuchtturm an der Spitze von Langeneß, als wollte er ihr ein aufmunterndes Zeichen geben. Sie zog den Reißverschluss auf und stieg aus dem Schlafsack. Mit einer Sekunde Verzögerung griff die Kälte sie an, die sie bis dahin vollkommen vergessen hatte. Sie trug ja nur Pyjamahose und T-Shirt. Mit klappernden Zähnen zog sie sich in Rekordzeit an, Pullover, Thermohose, Winterjacke, Schal, gefütterte Stiefel, dann rollte sie den Schlafsack zusammen und verstaute ihn im Fahrradkorb. Sie stieg auf und strampelte los. Auf der menschenleeren Promenade musste sie kräftig in die Pedale treten, damit ihr wieder warm wurde.

Zu Hause angekommen, war sie immer noch müde und legte sich sofort ins Bett, um weiterzuschlafen.

Am nächsten Morgen wachte sie früh auf. Sie schlich im Pyjama durch die Wohnung, während draußen der Wind unglaubliche Regenmassen gegen die Scheiben peitschte. Man mochte wirklich keinen Fuß vor die Tür setzen. Sie schaltete sämtliche Lichterketten an, legte die Knut-Kiesewetter-CD ein und genoss die Klänge zwischen Melancholie und Fröhlichkeit. Das konnte sie gerade gut haben. Wenn draußen schon kein Schnee lag, dann wollte sie ihn wenigstens in ihrer Phantasie erleben:

Winter, heut' hab ich dich tanzen gesehn.
Ans Fensterglas locken mich tanzende Flocken,
Wirbeln so schwungvoll und tanzen so schön,
Deine Flocken, als würden sie nie mehr
vergehn.

Mit einem Knopfdruck setzte sie die Discokugel in Gang und ging in die Küche. Das Frühstück war für sie die wichtigste Mahlzeit des Tages. Dazu gehörten ein kräftiger frisch gemahlener Bohnenkaffee, Toast oder Brötchen, selbst eingekochte Marmelade und frisch gepresster Orangensaft. Während der Kaffee durchlief, holte sie den *Inselboten* aus dem Briefkasten und legte ihn schon mal auf den Couchtisch. Dann presste sie drei Orangen aus, goss den Saft in ein Glas, das sie mit den anderen Sachen auf ein Tablett stellte und ins Wohnzimmer brachte. Draußen regnete es immer noch in Strömen.

Bei ihrem Luxusfrühstück fühlte sie sich wie eine Königin. Es schmeckte wunderbar, nebenbei las sie die Zeitung. Auf Seite vier war ein Bild von den Landfrauen an der Kaffeetafel in Utersum abgedruckt. Imke musste grinsen: Birgit Detlefsen wurde mit den Worten zitiert, dass die Wiedervereinigung der Landfrauen von Wyk und Föhr-Land auf einem guten Weg sei. Beim Adventssingen war alles noch gut gewesen, dachte sie, jedenfalls hatte es sich so angefühlt. Sie blätterte weiter und brach alle Artikel, die vom Bösen in der Welt handelten, sofort ab; damit sollten sich heute andere beschäftigen.

Sie hatte die Musik so laut gestellt, dass sie das Klopfen an der Tür gar nicht gehört hatte. Kurze Zeit später standen Arne und Lilith vor ihr. Ein Schock in mehrfacher Hinsicht.

Erstens sowieso. Zweitens saß sie mit verwuselten Haaren im Pyjama vor der Sylterin, das musste nun wirklich nicht sein. Drittens hatte sich die eigentlich so feine Lilith Arnes bunt gemustertes Indianerhemd übergestreift, ihre Haare waren genauso durcheinander wie Imkes, außerdem war sie nicht geschminkt. Sie war kaum wiederzuerkennen.

Lilith starrte irritiert auf die Discokugel, die sich unaufhörlich drehte.

«Moin, Mama, du musst uns helfen», sagte Arne. Sein weißes Hemd war total zerknittert und voller Wasserflecken vom Regen.

Imke stellte erst mal die Discokugel aus. Sie

konnte sich nicht im Entferntesten vorstellen, was die beiden von ihr wollten. Aber was es auch war, sie wollte es vor Lilith nicht im Pyjama erfahren.

«Guten Morgen erst mal», sagte sie, «bitte wartet einen Augenblick, ich gehe mich kurz umziehen.»

Sie huschte ins Schlafzimmer. Von nebenan hörte sie Arne mit seiner Freundin flüstern, was sie irritierte: Warum sprachen sie nicht laut? Sie zog sich schnell an, dann ging sie zurück ins Wohnzimmer. Lilith und Arne saßen auf der Couch, eingerahmt zur Rechten und Linken von den Puppen Keike und Johanna. Imke ließ sich in den Sessel gegenüber fallen.

«Mal ganz von vorne», bat sie.

«Es ist etwas kompliziert, also ...», begann Arne. In ihrer Erinnerung trug ihr Sohn immer noch seinen Pferdeschwanz. Sie würde sich nie an seine neue Frisur gewöhnen.

«Ich war auf Sylt mit einem Robert Stadler zusammen», fiel Lilith ihm ins Wort

«Der Juwelier?», vergewisserte sich Imke.

«Sie kennen ihn?» Lilith war erstaunt.

Imke winkte ab. «Nur vom Hörensagen.» Sie konnte ja schlecht zugeben, dass sie mit ihrer Enkelin am Polizeicomputer bereits einiges über Lilith herausbekommen hatte.

«Wir haben uns vor einem halben Jahr getrennt, aber ich habe danach weiter in seinem Laden in Kampen gearbeitet. Immerhin haben wir das Geschäft zusammen aufgebaut.»

Imke räusperte sich. Was hatte das mit ihr zu tun?

«Solange ich dort gearbeitet habe, war alles okay», fuhr Lilith fort. «Aber seit ich Arne kenne und nach Föhr gezogen bin, dreht Robert durch.»

«Will heißen?»

«Der Typ ist auf unserer Insel und verfolgt Lilith», mischte Arne sich ein.

«Robert besitzt eine Pistole, ganz offiziell, mit Waffenschein – wegen seines Juwelierladens», ergänzte Lilith.

«Und?», fragte Imke ungeduldig.

«Der hat mit seinem Campingbus direkt vor unserer Mühle gestanden!», rief Arne. «Daraufhin sind wir bei Nacht und Nebel in meine alte Wohnung geflohen. Aber auch da hat er uns aufgespürt.»

«Und jetzt?»

«Die Pensionen und Hotels sind vor Weihnachten alle ausgebucht.»

Imke zog kritisch eine Augenbraue hoch. «Auch auf dem Festland?»

Arne schüttelte den Kopf. «Wir wollen unbedingt auf Föhr Weihnachten feiern.»

Aber ohne deine Mutter, ergänzte Imke in Gedanken.

«So», sagte sie.

«Meinst du, wir können eine Weile bei dir unterkommen?», fragte Arne leise.

Wie bitte, sie sollte eine Wohngemeinschaft mit Lilith eingehen? Das war absurd!

«Was heißt denn ‹eine Weile›?», erkundigte sie sich vorsichtig.

«Bis der Typ wieder weg ist», sagte Arne.

«Na klar.» Die Antwort war ihr einfach so rausgerutscht. Das waren wohl Mutterinstinkte, die sich nicht unterdrücken ließen.

«Super!» Arne sprang auf und umarmte sie.

Es irritierte Imke ungleich mehr, dass Lilith ebenfalls hochschoss und sie umarmte. Fremden, die sie siezten und die ihr nicht besonders sympathisch waren, erlaubte sie Umarmen ausschließlich bei akuter Lebensgefahr.

«Hast du schon mit Maria darüber gesprochen?», fragte Imke ihren Sohn.

«Wieso?», fragte Lilith.

«Arnes Tochter ist bei der Polizei.»

Lilith blickte Arne strafend an. «Wieso hast du mir das nicht erzählt?»

«Ich wollte sie da raushalten.»

«Unsinn!» Imke griff nach ihrem Handy. «Wenn euch jemand helfen kann, dann sie.»

Sie wählte Marias Nummer und betete, dass ihre Enkelin ranging.

9

Maria saß an ihrem Schreibtisch und hielt den Telefonhörer ihres Dienstapparates in der Hand. Ihr gegenüber saß Mark. Der grau melierte Kollege war zehn Jahre älter als sie und erst seit einer Woche auf Föhr, aber die beiden verstanden sich jetzt schon prächtig.

«Ich komme sofort», rief sie in den Hörer und legte auf.

«Ist was passiert?» Mark sprang alarmiert auf.

«Das weiß ich noch nicht. Bedrohung, Erpressung, Schusswaffengebrauch – alles noch unklar.»

«Wie bitte?» Er griff nach seiner schusssicheren Weste, die auf der Stuhllehne hing.

«Nee, das schaffe ich schon.»

«In so einem Fall lasse ich dich nicht alleine los.»

«Es geht um meine Oma.»

Mark riss die Augen auf. «Deine Oma hat eine Schusswaffe?»

Sie lächelte. «Natürlich nicht. Ich muss nur mit ihr reden, und zwar allein.»

«Sicher?»

«Ja.»

Zehn Minuten später hielt Maria vor dem Haus ihrer Oma. Sie stapfte entschlossen hinein und ging direkt ins Wohnzimmer durch. Dort saß Oma in einem Sessel, auf der Couch machte sich Arne breit – neben seiner Neuen. Die hatte sie sich nach Omas Erzählungen allerdings etwas anders vorgestellt: Von wegen «schick mit Perlenkette»! Sie war ungeschminkt, ihre blonden Haare durcheinander, dazu trug sie Arnes altes Indianerhemd.

«Polizeihauptmeisterin Maria Riewerts», stellte sie sich Lilith vor, nachdem sie Oma und ihren Vater mit einem Kuss auf die Wange begrüßt hatte.

«Lilith Becker.»

Sie gaben sich die Hand. Es war von beiden Seiten keine Liebe auf den ersten Blick, so viel war schon mal klar.

«Was ist denn passiert?», fragte Maria.

«Wir werden verfolgt», sagte Arne und erklärte ihr kurz die Lage.

«Wie lautet das Kennzeichen von seinem Campingmobil?», erkundigte sie sich, als er fertig war.

«Keine Ahnung, irgendetwas mit NF.»

«Das haben alle in Nordfriesland. Wie heißt er denn?»

«Robert Stadler.»

Maria überlegte. «Dann hat er vielleicht NF - RS plus zwei oder drei Zahlen. – Automarke?»

«Er fährt einen Mercedes», sagte Lilith.

«Hast du mit ihm geredet?», fragte Maria. Sie war automatisch zum Du übergegangen, das war auf der Insel üblich. «Was will er von dir?»

«Dass ich zu ihm zurückkomme. Und er hat Anzeige gegen mich erstattet, aber die hat er am nächsten Tag wieder zurückgezogen.»

«Was war denn da los?»

«Ich habe mir nur meinen Anteil aus dem Geschäft genommen.» Lilith setzte ein trotziges Gesicht auf.

«Cash?»

«Nein, meinen Lieblingsschmuck aus dem Laden.»

«Wart ihr verheiratet?»

«Nein.»

«Gibt es irgendwelche Verträge zwischen euch?»

«Nichts Schriftliches.»

«Dann hast du den Schmuck einfach so mitgenommen?», fragte Oma.

Lilith nickte. «Wie gesagt, er hat seine Anzeige ja zurückgezogen. Er will nur, dass ich zurückkomme.»

«Und nun?» Arne blickte seine Freundin an. Die zuckte mit den Achseln.

Maria überlegte. «Solange er nicht im Parkverbot steht oder gewalttätig wird, kann ich nichts gegen ihn unternehmen.»

«Obwohl du Polizistin bist?», fragte Lilith.

Maria beschloss, diesen Seitenhieb zu übergehen.

«Schiet», flüsterte Arne. «Ist das wirklich wahr?»

«Tut mir leid, Papa, aber mehr kann ich dir momentan nicht sagen.»

Lilith seufzte. «Würde es euch stören, wenn ich mich ein bisschen ausruhen gehe? Ich habe letzte Nacht kein Auge zugetan.»

Und so nahm das Unheil seinen Lauf. Omas Häuschen wurde in Windeseile umgebaut: Während Lilith im Bad verschwand, zogen Arne und Oma die Schlafcouch im Wohnzimmer aus, dann holte Oma ein Laken und einen Bettbezug aus dem Wäscheschrank und bezog zwei Decken und Kissen. Das bedeutete, dass ab diesem Moment ihr Wohnzimmer von Lilith und Arne blockiert wäre.

Maria sah ihrer Oma mitleidvoll zu. Irgendwas läuft hier schief, dachte sie. «Kann ich noch etwas tun?»

«Ich glaube, im Moment nicht», antwortete Oma. «Komm, ich bringe dich noch zur Tür. Du musst ja wieder zurück auf die Wache.»

Maria verabschiedete sich von ihrem Vater und ging mit Oma durch den Flur Richtung Haustür. Der Regen draußen hatte aufgehört.

«Papa nun wieder», stöhnte Maria, als sie

außer Hörweite waren. «Und, was sagst du zu Lilith?»

Oma holte tief Luft. «An Arnes Stelle würde ich mich warm anziehen. Wenn es hart auf hart kommt, versteht diese Frau keinen Spaß, das spürt man.»

«Ich hole noch mehr Infos über sie ein. Wer weiß, ob sie uns die ganze Wahrheit gesagt hat.»

Oma dachte kurz nach. «Wie wäre es, wenn du mal mit Henning vom Golfclub sprichst? Der kennt sie ein bisschen, glaube ich.»

«Gute Idee!», sagte Maria. «Begleitest du mich?»

Oma musste nicht lange überlegen. Sie schien froh, ihren eigenen vier Wänden für ein Stündchen zu entkommen.

Imke nahm ihre Jacke vom Haken, rief Arne ein «Bis später» zu und stieg ins Polizeiauto mit ein.

Am Golfplatz angekommen, liefen sie zum Clubhaus, das sich in einem Wäldchen am Rand des Ortes befand. Henning saß gerade an der Bar und genehmigte sich ein sprudelndes Kaltgetränk in einem Sektkelch. Es war augenscheinlich nicht sein erstes Glas, sein Blick wirkte leicht verrutscht.

«Moin, Henning», grüßte Oma.

Henning schoss hoch. «Die Sonne geht auf in

diesem trostlosen Raum!», rief er. «Moin, Imke, Moin, Maria, setzt euch.»

Sie stellten sich zu ihm an die Bar.

«Champagner?», fragte er.

«Ich bin im Dienst», erklärte Maria bedauernd.

Auch Oma winkte ab. «Danke, ein andern Mal.»

Henning schüttelte den Kopf. «Das sagst du immer so, ‹ein andern Mal›, aber bisher kam es nie dazu.»

«Diesmal verspreche ich es!»

«Das musst du nicht, du sollst es *wollen*.»

Flirtete der gerade mit Oma? – Interessant.

«Ach, was soll’s, ich nehme einen», sagte Oma.

«Ich auch, aber nur einen ganz lütten», sagte Maria.

Henning ging hinter die Bar und schenkte ihnen ein, dann stießen sie an.

«Sünjhaid!»

«Sünjhaid!»

«Sag mal, Henning, was weißt du eigentlich über Lilith Becker?», fragte Oma, als sie den ersten Schluck genommen hatte.

«Die Neue von Arne?»

Oma nickte.

Henning überlegte kurz. «Ich habe sie ein paarmal auf Golfturnieren in Kampen getroffen.

Sie ist eine Sylter Society-Lady, die alles kennt, was reich und berühmt ist.»

«Und der Juwelierladen, in dem sie arbeitet?»

«Lilith war die Seele des Geschäfts. Außerdem ist sie im Vorstand des Sylter Golfclubs, alle kaufen bei ihr.»

«Sie weiß also, wie man den Leuten das Geld aus der Tasche zieht», stellte Maria fest.

«Kann man so sagen.»

«Und ihr Ex, Robert Stadler?»

«Der hatte den Laden von seiner Mutter übernommen. Ihren Geschäftssinn hat er allerdings nicht geerbt. Er war froh, dass Lilith ihm zur Seite stand.»

«Und wie ist sie sonst so?»

«Berechnend, würde ich sagen, aber hat dabei durchaus Charme.»

«Meinen Papa hat sie jedenfalls rumgekriegt», seufzte Maria.

Henning warf ihr einen mitleidigen Blick zu. «Ach übrigens, Lilith ist jetzt auch bei uns in den Club eingetreten.» Er räusperte sich und nahm einen weiteren Schluck Champagner. «Sie scheint auf Föhr bleiben zu wollen.»

«Soso.»

Jetzt, als das raus war, lächelte er. «Sag mal, Imke, wo du gerade hier bist …. Ich habe demnächst ein Treffen vom europäischen Golfverband in Kopenhagen, eine stinklangweilige Veranstaltung. Wie wäre es, wenn du mich dahin begleitest?»

Jetzt war Maria sich sicher: Doch, der flirtete ganz heftig mit ihrer Oma!

«‹Stinklangweilig› hört sich vielversprechend an», lachte Imke.

«Ich dachte, wir essen zusammen mit den anderen und verdrücken uns dann.» Er zwinkerte ihr fast unmerklich zu.

Maria staunte.

«Wann soll das sein?», fragte Oma.

«Im Februar.»

«Ich überlege es mir.»

Sie tranken in Ruhe die Gläser aus, bedankten sich bei Henning für den Champagner und verabschiedeten sich dann.

Draußen war es windstill, kein Lüftchen kräuselte die Äste der Kiefern auf dem Grundstück, was im Winter selten vorkam. Auf dem Weg zurück zu Omas Häuschen fuhren sie am kleinen Nieblumer Park mit dem Ententeich in der Mitte vorbei, der «Da Meere» genannt wurde. Im Wasser spiegelten sich die stahlgrauen Wolken, ein paar Enten schwammen hindurch.

«Suchen wir den Campingbus und schnacken mit diesem Robert Stadler», schlug Oma plötzlich vor.

Maria zuckte mit den Achseln. «Wie gesagt, offiziell kann ich nichts gegen ihn machen.»

«Aber Schnacken ist doch erlaubt, oder?» Oma legte ihr die Hand auf den Unterarm.

«Meinst du nicht, das sollte besser Lilith übernehmen?»

Ihre Oma schüttelte den Kopf. «Du siehst ja, wozu das führt: zu gar nichts! Ihr Ex verfolgt sie, Arne kann nicht mehr bei sich zu Hause wohnen. Mir wäre das alles vollkommen egal, wenn es nicht um ihn ginge.»

«Klar», sagte Maria und fügte in Gedanken hinzu: und um Heiligabend in der Familie.

Und vielleicht war die Überlegung gar nicht so abwegig: Arne war ja zu Oma geflüchtet. Es könnte doch sein, dass er aus Dankbarkeit seine Meinung zu Heiligabend ändern würde, wenn sie sein Problem löste.

Sie fuhren an ein paar reetgedeckten weißen Kapitänshäusern vorbei.

«Mit dieser Lilith unter einem Dach würde ich durchdrehen, Oma.»

«Das tue ich auch – versprochen!»

«Du kannst zu mir ziehen.»

«Das ist ein nettes Angebot, aber ich werde aus meinem eigenen Haus nicht weichen. – Also? Wann läuft die Fahndung nach Stadler an?»

Maria kratzte sich am Kinn. «Heute habe ich Dienst. Aber morgen können wir das angehen.»

Sie bremste vor Omas Haustür «Kann ich noch mal kurz in dein Bad?»

«Klar.»

Sie gingen zur Haustür. «Bestimmt hat Lilith schon alles in Beschlag genommen», seufzte Oma.

«So schlimm wird es schon nicht werden.»

Doch sie irrte.

Als sie die Haustür öffnete, stellte Arne sich ihnen in den Weg und legte den Zeigefinger auf den Mund. «Psst», flüsterte er.

«Was ist, Papa?», fragte Maria genervt. «Ich muss kurz in Omas Badezimmer.»

«Das geht nicht. Lilith ist gerade drin und macht dort Yoga. Bitte nicht stören.»

Das durfte nicht wahr sein!

«Dass meine Enkeltochter ungehindert in mein Bad gehen darf, zählt für mich zu den Menschenrechten», erklärte Oma.

«Nun gut», sagte Maria. «Dann warte ich eben.»

Ein paar Minuten später klopfte Oma das erste Mal an die Badezimmertür, nach weiteren fünf Minuten das zweite Mal. «Lilith, mach bitte sofort die Tür auf!», rief sie. Beim dritten Mal ließ sie das «bitte» weg und hämmerte mit der Faust gegen die Tür.

Aber Lilith ließ sich nicht erweichen.

«Sie braucht halt ihre Zeit, da ist jeder anders», sagte Arne. Erst jetzt fiel Maria auf, dass er noch einen Pyjama trug.

«Und dass deine Mutter auch noch in diesem Haus wohnt, hast du vergessen?» Maria sah ihn verständnislos an.

Arne zuckte mit den Achseln und lächelte. «Da steckst du nicht drin.»

«Was gibt es da zu grinsen?», schnaubte Oma plötzlich.

Maria zuckte zusammen. Wer Oma gut kannte, wusste, dass dieser Tonfall äußerst selten bei ihr vorkam. Aber wenn, war Gefahr im Verzug.

Ihr Vater klopfte nun sanft an die Tür. «Schatz?», flötete er.

«Ich bin gleich so weit, Arno», kam es von drinnen.

Kurze Zeit später trat Lilith perfekt geschminkt und mit aufwendiger Hochsteckfrisur aus dem Badezimmer. «Der Sekt ist alle. Hat jemand neuen besorgt?», sagte sie statt einer Begrüßung. Ihre Mundwinkel zeigten nach unten, als ihr klarwurde, dass dies nicht der Fall war.

Maria war froh, dass die Waffengesetze in diesem Land derartig streng waren, auch für sie als Polizistin. Andernfalls hätte sie jetzt wohl Dinge getan, die sie später bereut hätte.

10

A m nächsten Nachmittag machte sich Maria in ihrem dunkelgrünen Mini erneut auf den Weg zu ihrer Oma. Ein starker Westwind setzte die ganze Landschaft in Bewegung, ein paar übriggebliebene Blätter aus dem Herbst wirbelten durch die Luft. Nur der Friesendom in Nieblum stand unbeweglich da und trotzte den Naturgewalten.

Maria hatte die halbe Nacht wach gelegen und gegrübelt: Der Haussegen in der Familie Riewerts hing schief, und am meisten litt Oma. Das durfte nicht sein. Nicht nur, dass eine jahrelange Weihnachtstradition durch Arne und seine neue Freundin sabotiert worden war – denn eigentlich hatten es die Riewerts immer geschafft, an Heiligabend zusammenzukommen, egal wie. Dass es dieses Jahr anders sein würde, machte ihrer Oma sehr zu schaffen, auch wenn sie versuchte, es sich nicht anmerken zu lassen. Aber nun kam noch ein weiteres Problem hinzu: Diese Lilith hatte sich bei ihr eingenistet, und seitdem fand Oma keine Ruhe mehr. Damit drohten ihr auch die Tage vor Weihnachten zur Hölle zu werden. Hier war eindeutig eine Grenze überschritten, fand Maria, es musste sofort etwas geschehen. Da ihr Vater so bald nicht zur Vernunft kommen würde, blieb ihr und Oma tatsächlich nichts anderes übrig, als diesen Robert Stadler aufzusuchen und ihn von der Insel zu vertreiben. Erst dann würde Lilith Omas Haus wieder verlassen, und es kehrte Frieden ein. Und wegen Heiligabend würde man dann sehen.

Als sie kurze Zeit später vor Omas kleinem Häuschen hielt, tigerte diese bereits auf dem Bürgersteig auf und ab.

«Und?», fragte Maria, als Oma einstieg.

«Frag lieber nicht.» Oma warf ihr einen verschwörerischen Blick zu. «Fahr einfach so schnell wie möglich los.»

Sie wirkte erleichtert, der Hölle entkommen zu sein.

«So schlimm?»

«Lass uns das Thema wechseln.»

Maria drückte aufs Gas. Die Wolken am Himmel wechselten von Grau zu Schwarz und rasten im Eiltempo über die Insel hinweg Richtung Festland. Irgendwo auf Föhr musste Stadlers Campingbus zu finden sein, so groß war Föhr nicht.

Zuerst fuhren sie die sogenannte Traumstraße von Nieblum nach Hedehusum ab, immer mit aufmerksamem Blick in alle Seitenstraßen. Als Nächstes bog Maria nach Borgsum ab, wo ihr

Vater gewohnt hatte, bevor er in die Mühle gezogen war. Aber auch dort war kein Bus zu sehen. Danach ging es weiter bis zum Dorfplatz in Utersum. Rechts lag die Bäckerei Rosteck, links der Gasthof Knudsen.

«Wie gehen wir denn überhaupt vor, wenn wir ihn finden?», fragte Maria, als sie vor der Bäckerei hielt.

Oma zuckte mit den Schultern. «Wir sagen ihm, dass er schnellstens abhauen soll.»

«Glaubst du, das wird ihn beeindrucken?»

«Wieso nicht?»

«Wer weiß, ob alles so stimmt, wie sie es uns erzählt hat.»

Sie betraten die Bäckerei, einen der wenigen Läden auf der Insel ohne großen Weihnachts-Schnickschnack: ein Adventskranz auf dem Verkaufstresen, das war es. Roloff, der Chef, bediente heute höchstpersönlich, was selten vorkam, normalerweise arbeitete er hinten in der Backstube. Der Bäckermeister sah rund und üppig aus, weswegen kaum jemand ahnte, dass er einer der besten Salsa-Tänzer der Insel war. Gerüchteweise hatte er sogar schon mit Balletttänzerin Sina und seiner Angestellten Christine Schmidtke im Verkaufsraum ein Tänzchen hingelegt.

«Moin, Imke, Moin, Maria», rief er.

«Moin, moin», grüßte Maria. «Hast du zufällig noch Rosinenschnecken?»

«Die letzten zwei.»

Seine Rosinenschnecken waren berühmt, manche Leute fuhren deswegen sogar die zehn Kilometer von Wyk nach Utersum.

Sie bezahlten, schnackten noch kurz mit Roloff und fuhren dann weiter zur Mühle nach Oldsum, die man schon von weitem erkennen konnte.

Während der Fahrt knabberte Oma an dem Gebäck. «Ich krümle dir alles voll, entschuldige», sagte sie mit vollem Mund.

«Egal.»

Aber auch in unmittelbarer Umgebung der Mühle war kein Campingbus zu sehen. Wo konnte dieser Stadler bloß stecken? Oder hatte er aufgegeben und die Insel schon wieder verlassen?

Maria rief bei der Fähre an, aber dort versicherte man ihr, dass die letzten vierundzwanzig Stunden kein Campingbus an Bord gefahren war. Also musste er noch auf Föhr sein.

Hinter Oldsum fuhr Maria in die Marsch. Vielleicht hatte Stadler seinen Wagen ja auf einem der abgelegenen Aussiedlerhöfe abgestellt.

Oma öffnete das Seitenfenster und atmete tief ein. «Schneeluft.»

Maria ließ ebenfalls die Scheibe runter und schnupperte. «Echt? Ich rieche nichts.»

Sie schauten in die dunklen Wolken am Himmel, aber es war kein Schnee zu erkennen. Maria beschloss, rechts ranzufahren, damit sie in Ruhe aufessen konnte. So eilig hatten sie es nun auch wieder nicht.

«Sag mal, im Golfclub hatte ich das Gefühl, dass Henning dich anbaggert, Oma. Kann das sein?» Sie sah sie aufmerksam an.

«Unsinn, Maria, in meinem Alter!»

«Wieso? In welchem Alter hört denn das auf mit der Liebe?»

«Na ja …»

Maria lachte. «Was heißt *das* genau?»

«Man sollte auf jeden Fall wissen, wo die Grenzen sind.»

«Redest du gerade über Sex, Oma?»

«Es geht doch nicht immer nur darum!»

«Sondern?»

«Wieso willst du das denn so genau wissen?»

«Damit ich gut vorbereitet bin, wenn ich selber mal in das Alter komme.»

«Darauf musst du dich nicht vorbereiten, mien Deern, das kommt ganz von alleine.»

«Ich finde, Henning ist ein attraktiver Mann: sportlich, sympathisch und im Kopf noch gut beieinander.»

«Ja.»

«Und ihr kennt euch schon euer ganzes Leben lang?»

«So ist es. Und ich habe trotzdem jemand anderen geheiratet.»

«Aber jetzt bist du doch wieder zu haben, oder?»

«Du hast Vorstellungen! Ich bin doch keine zwanzig mehr.»

«Also ist da gar nichts zwischen dir und Henning?»

«So kann man es auch wieder nicht sagen.» Oma schürzte kokett die Lippen.

«Also doch!» Maria grinste. «Ich habe es geahnt.»

Oma drehte sich zu ihr. «Wie läuft es überhaupt bei dir? Was in Sicht?»

«Du lenkst ab.»

«Kannst du vielleicht mal meine Frage beantworten?»

«Single ohne Aussicht – genügt das?»

«Ich wollte, ich wäre noch mal in deinem Alter», seufzte Oma.

«Das ist auch nicht alles so leicht, wie du denkst.»

«Weiß ich doch.» Sie tätschelte ihren Arm. «Guck mal!», rief sie und deutete nach draußen. Vor der Windschutzscheibe fiel eine Handvoll Schneeflocken zu Boden und löste sich sofort auf.

«Du hast wirklich eine feine Nase, Oma. Dass du diese fünf Flocken vorher gerochen hast …»

«Da kommt noch mehr, wetten?» Oma schien ein bisschen beleidigt, dass ihre Instinkte angezweifelt worden waren. «Ich habe wirklich eine feine Nase.»

«Warten wir's ab.»

Es dämmerte bereits. Im Dunkeln würden sie Stadler kaum finden, so viel war klar.

«Lass uns über die Marsch zurückfahren», schlug Maria vor und startete den Motor.

Sie hielt sich auf den Feldwegen parallel zu den Dörfern Oldsum und Midlum, als sie durch die Weite zischte. Links und rechts waren riesige Weiden zu sehen, in denen große Pfützen standen. Der frisch geteerte Feldweg ging einmal gerade durch die Marsch, es war die einzige Straße auf Föhr, auf der die Insulaner richtig Gas geben konnten. Die sogenannte «Insel-Autobahn» wurde auf allen Landkarten der Fahrradverleihe rot eingezeichnet, damit möglichst niemand hier entlangradelte.

Dann passierten kurz hintereinander zwei Dinge, die die Lage schlagartig veränderten. Zuerst entdeckten Marias geschulte Polizistinnenaugen einen Campingbus am anderen Ende der Marsch.

«Siehst du die Rücklichter am Horizont? Das könnte er sein!», rief sie.

«Wo?», fragte Oma.

Im nächsten Moment sahen sie gar nichts mehr. Es fing nämlich wie aus dem Nichts an zu schneien, aber wie! Vor der Windschutzscheibe rieselten unzählige dicke Flocken vom Himmel herab. Der Wind spielte mit ihnen, ließ sie elegante Ausfallschritte zur Seite tanzen, manche trieb er kurzzeitig wieder zurück nach oben, bevor sie sich auf den Feldern und Wiesen verteilten. Maria hätte vor Freude weinen können, so schön war das. Ihre Oma neben ihr lächelte wie ein Mädchen. Zusammen stimmten sie das Lied von Knut Kiesewetter an, das Oma ihr schon als kleines Kind beigebracht hatte.

Winter, heut' hab ich dich tanzen gesehn.
Ans Fensterglas locken mich tanzende Flocken,
Wirbeln so schwungvoll und tanzen so schön,
Deine Flocken, als würden sie nie mehr
    vergehn.

Obwohl es schon fast dunkel war, wirkte die Marsch durch die Schneedecke heller als zuvor. Maria hielt an, und sie stiegen aus. Die Häuser im nahe gelegenen Midlum konnte sie nur noch schemenhaft erkennen, die Reetdächer waren in kurzer Zeit komplett weiß bedeckt. Hinter einigen Sprossenfenstern gingen Lichter an, wie um die Szene noch zusätzlich zu illuminieren.

«Und?», sagte Oma. «Was habe ich gesagt?»

«Meine Großmutter ist eine Spökenkiekerin und kann Schnee voraussehen.» Maria lachte.

«Spökenkieker» wurden auf der Insel Menschen genannt, denen man übersinnliche Fähigkeiten zuschrieb.

Sie breiteten die Arme aus und drehten sich im Kreis. Die Flocken fielen ganz weich auf Marias Wangen, als wollten sie sie streicheln. Zwischendurch ließ der Schneefall etwas nach, aber bald schob sich von hinten eine weitere Wolkenfront über das Meer und schüttete ihre Last über der Insel ab. Die Flocken tanzten immer dichter um sie herum. Die ganze Welt war in kurzer Zeit weiß. In den Dörfern hielten sich die gutmütigen Reetdächer bereit, um weitere Schneelasten auf ihre Schultern zu nehmen.

«Schade, dass ich keinen Schlitten dabeihabe», bedauerte Maria. Auf den Föhrer Deichen konnte man hervorragend rodeln. Und erst nach einer ganzen Weile fügte sie hinzu: «Wir sollten los, Oma, schließlich haben wir heute noch was zu erledigen.»

Die Feldwege in der offenen Marsch wurden nicht geräumt. Schon bei mäßigem Wind türmten sich hier schnell hohe Schneeberge auf. Als Maria anfuhr, drehten die Räder durch, der Wagen schlingerte. Es war kaum noch zu erkennen, wo die Straße aufhörte und die Gräben begannen. Also kam es, wie es kommen musste: Irgendwann hatten sie sich festgefahren. Der Wagen bewegte sich weder vor noch zurück, auch nicht mit Schieben und Ruckeln.

«Wo sind wir jetzt genau?», fragte Oma.

Das war auch für Maria schwer zu sagen. In der flachen Marsch mit zwanzig Metern Sichtweite sah alles gleich aus. Sie schaltete die Warnblinkanlage an, nahm eine Taschenlampe aus dem Handschuhfach, dann stiefelten sie los. Der Wind blies ihnen unbarmherzig um die Ohren, Maria fühlte, wie sich ihre Lungen mit kalter Luft füllten. Oma hakte sich bei ihr unter. Sonst war sie noch ziemlich sportlich, aber das hier war auch für sie eine echte Herausforderung.

«Bist du sicher, dass wir in die richtige Richtung gehen?», rief Oma gegen den Wind.

«Nein.»

Sie gingen einfach weiter, sonst wäre ihnen zu kalt geworden. Manchmal kamen sie von der Straße ab und landeten vor einem Weidezaun.

Irgendwann entdeckte Maria ein Verkehrsschild, das sie kannte. Es warnte vor freilaufenden Schafen.

«Links», sagte Oma und Maria im gleichen Moment: «Rechts.»

Nach kurzer Diskussion war klar, Midlum musste links von ihnen liegen.

Der erste Hof, auf den sie trafen, war hell beleuchtet, im großen Stall liefen die Melkmaschinen. Sie traten durch das Scheunentor und waren froh, endlich dem frostigen Wind zu entkommen. Hier war es angenehm warm. Die Leiber der schwarz-bunten Kühe dampften, die Tiere schauten sie mit ihren großen, schönen Augen an. Es waren bestimmt an die hundert.

«Irgendetwas stimmt hier nicht», meinte Maria und sah sich irritiert um.

«Ja, du hast recht, so ein Gefühl habe ich auch. Aber was ist es?»

Im selben Moment kamen sie drauf. In jedem Gang stand ein großer Weihnachtsbaum mit Lichterkette. Das war seltsam für einen Kuhstall.

«Soll das die Milchproduktion steigern?», erkundigte sich Oma.

Bauern besaßen normalerweise kein verklärtes Verhältnis zu ihren Tieren. Psychotherapie für Pferde, Homöopathie für Katzen und Jacketkronen für Schäferhunde waren nicht ihre Abteilung. Was bedeuteten dann diese Weihnachtsbäume für den Bauern und was für die Kühe? War er verrückt? Oder sentimental? Oder beides? Würden die Tiere an Heiligabend alle ein persönliches Geschenk bekommen?

«Moin, was macht ihr denn hier?» Ein breitschultriger Mann in Gummistiefeln und Latzhose kam auf sie zu. Maria kannte ihn flüchtig, wie man sich unter Insulanern eben so kannte: Es war Johann Johannsen, Witwer seit vielen Jahren, der hier alleine lebte.

«Wir sind mit dem Wagen stecken geblieben.»

«Denn kommt erst mal rein und wärmt euch auf», grummelte er freundlich.

Er lotste sie in die uralte Holzküche seines Wohnhauses, die vermutlich vor hundert Jahren schon genau so ausgesehen hatte – einmal abgesehen von modernen Geräten wie Mikrowelle, Kaffeemaschine und Mixer. Johannsen nahm die Kanne von der Platte und schenkte drei Tassen Kaffee voll. Dann fischte er eine Flasche Rum aus dem Regal und gab jeweils einen großzügigen Schuss dazu.

Maria wurde nach wenigen Schlucken so heiß, dass ihr der Schweiß auf die Stirn trat. Johannsen redete nicht viel, was ihr recht war. Sie saßen schweigend am Tisch und erholten sich einfach.

Derart gestärkt fasste Maria schließlich Mut und fragte: «Sag mal, die Weihnachtsbäume im Stall …»

«Mach ich immer so», brummte Johannsen ohne weitere Erklärung.

Warum auch nicht?, dachte sie. An welch sterilen Orten standen in der Adventszeit nicht überall Weihnachtsbäume? Da hatte der Kuhstall schon etwas Besinnliches, außerdem durfte man nicht vergessen, dass Jesus ja auch in einem Stall geboren worden war.

Nach dem Kaffee bat Johannsen sie mit zu seinem Trecker, auf dessen Führerhaus eine Batterie kräftiger Scheinwerfer installiert war. Damit konnte er bei der Ernte die Nacht zum Tag machen, und selbst im Schneetreiben sah man erstaunlich weit.

Sie kletterten zu ihm hinauf, und er fuhr los. Bei dem Schild mit den Schafen bogen sie ab, und bald entdeckten sie Marias Mini im Schnee, dessen gelbe Warnblinker inzwischen halb versunken waren, aber brav ihren Dienst taten. Während Johannsen und Maria ein Seil am Wagen befestigten, blieb Oma sitzen. Als sie fertig waren, stiegen sie wieder auf, und der Bauer schleppte den Mini mit seinem Trecker an die Hauptstraße. Dort war zum Glück alles geräumt.

Als das Auto wieder fahrbereit war, bedankten sie sich herzlich bei Johannsen und wollten ihm etwas Geld geben, was der aber entrüstet zurückwies. Er winkte kurz, startete den Trecker und war kurze Zeit später verschwunden.

«Lass uns nach Hause fahren», sagte Oma erschöpft. Maria war einverstanden: Stadlers Campingbus würden sie heute sowieso nicht mehr finden.

11

Auf der Hauptstraße lag nicht halb so viel Schnee wie in der offenen Marsch. Trotzdem musste man wegen der Glätte höllisch aufpassen. Imke war froh, dass ihre Enkelin eine versierte Fahrerin war.

Als sie Nieblum erreichten, verschlug es ihr die Sprache: Alles war eingeschneit, ihr Dorf war ein Traum in Weiß. Sämtliche Geräusche waren gedämmt, auch die der Autos, es herrschte eine wunderbare Stille. Die Reetdächer hatten weiße Mützen bekommen, an den Giebeln lugten die Enden der Halme wie störrische Haare hervor. Im Parkteich «Da Meere» hatten die Enten ein kleines Loch freigehalten, in dem sie immer hin und her schwammen.

Maria setzte Imke vor ihrem Häuschen ab, das ebenfalls unter einer dichten Schneedecke lag.

«Komm doch noch mit rein», sagte sie zu ihrer Enkelin.

«Ich weiß nicht … diese Lilith und ich sind nicht gerade ein Traumteam.»

«Geht mir doch genauso. Aber gerade deswegen kann ich Unterstützung gebrauchen.»

«Gut, eine halbe Stunde.»

«Wenn sie ausflippt, verhaftest du sie einfach.» Sie zwinkerte Maria zu.

«Na klar.»

Im Flur kam ihnen Arne entgegengeschlurft. Er sah aus, als hätte er gerade geschlafen. «Und? Habt ihr Stadler?», fragte er gähnend.

«Sehe ich so aus?», entgegnete Maria.

«Schade.»

Imke ging eilig an ihm vorbei. «Ab jetzt gibt es klare Ansagen!», kündigte sie an. «Nachher werde ich in meinem Schlafzimmer Gymnastik machen, und keiner darf mich stören.»

«Wie lange dauert das denn ungefähr?», fragte er.

«Wieso?»

«Weil Lilith will da auch …»

«Dann soll sie ins Wohnzimmer gehen», schnarrte Imke. «Ich brauche mindestens zwei Stunden, und danach gehe ich sofort ins Bett.»

«Aber im Wohnzimmer kann sie auch nicht turnen, da sind schon Geeske und Sönke …»

Imke glaubte, sich verhört zu haben. Sie stiefelte ins Wohnzimmer. Tatsächlich, da saßen ihre Tochter Geeske und ihr Enkel Sönke auf der Couch. Mit den Norderstedtern hatte sie jetzt am wenigsten gerechnet.

«Wo kommt ihr denn her?», rief sie und umarmte die beiden.

Sönke hob sie leicht in die Höhe. «Schön, hier zu sein, Oma.»

Maria gab Geeske die Hand und umarmte ihren Cousin Sönke.

Die beiden hatten es sich bereits gemütlich gemacht: Geeske trug einen rosa Hausanzug, Sönke eine Kapuzenjacke und Jeans. Alle Kirchenkerzen brannten, und die Schneekugeln in der Vitrine waren hell beleuchtet.

«Unser Flug ist ausgefallen, die Airline hat Pleite gemacht», sagte Geeske, deren Mann Kurt immer extrem preisbewusst war. Sein Lebensmotto lautete: «Bezahle niemals den vollen Preis!» In diesem Fall war er bei der Buchung allerdings wohl etwas *zu* sparsam gewesen. «Da haben wir uns gleich auf den Weg zu dir gemacht.»

Obwohl Imke von der Wanderung noch ziemlich erschöpft war, hätte sie vor Freude tanzen können. Anscheinend sah Maria das genauso, sie grinste in sich hinein.

«Wo ist denn dein Vater?», fragte sie Sönke.

«Noch in Norderstedt, der kommt Heiligabend nach.»

Nun traten Arne und Lilith ins Zimmer. Lilith trug das Kontrastprogramm zu Geeskes Hausanzug: ein hochelegantes, anthrazitfarbenes Kostüm, darunter eine weiße Bluse mit der obligatorischen Perlenkette. Ach ja, und ihre Füße steckten in froschgrünen Pumps, die Imke richtig gut fand. Auch wenn sie momentan für draußen nichts waren.

Somit war ihr Haus jetzt voll, genau genommen überfüllt. Aber damit nicht genug: Kurze Zeit später klingelte Regina, um ihre Schwester und ihren Neffen vom Festland zu begrüßen. Irgendwann drängelten sich alle im Wohnzimmer, und sie saßen zu siebt auf der Couch, die für Lilith und Arne zum Schlafen aufgeklappt war. Komischerweise dachte niemand daran, in Reginas Wohnung auszuweichen, obwohl die viel größer war.

Jetzt habe ich sie alle bei mir, dachte Imke und war plötzlich sehr glücklich, selbst Liliths Anwesenheit störte sie nicht mehr. Sie stellte sich auf einen Sessel und machte die Reiseleiterin. «Zur Raumaufteilung!», rief sie. «Geeske schläft bei mir, Arne und Lilith im Wohnzimmer, Sönke, du gehst am besten nach oben in die Abseite, da stelle ich gleich die Heizung an.»

«Und wenn Kurt an Heiligabend kommt?», fragte Geeske.

«Das sehen wir dann», befand Imke. Wichtig war nur: Weihnachten mit der Familie war fast gerettet. Perfekt wäre es allerdings erst, wenn auch Arne dabei war, aber das ließe sich vielleicht noch regeln. Allerdings würde sie in jedem Fall Lilith mitkaufen müssen.

«In vier Tagen ist ja nun das große Fest. Wie soll das überhaupt ablaufen?», fragte Regina.

«Ich bestelle bei Hückstedt Kartoffelsalat und Würstchen», schlug Imke vor.

«Wie bitte?», fragte Lilith. «Ihr esst an Heiligabend – was?»

«Alte Familientradition», erklärte Maria. «Superlecker.»

«Kartoffelsalat?»

«Ich liebe Kartoffelsalat», bekannte Sönke.

Lilith überlegte einen Moment. «Aber wenn, dann machen wir ihn selbst. Kartoffeln kochen und schnippeln, für die Soße Mayonnaise, dazu unbedingt ein paar orientalische Gewürze, die machen es letztlich. Hat jemand was gegen Gurken und Eier?»

Anscheinend steckten auch bodenständige Seiten in der schicken Juwelierin.

«Wo bist du eigentlich groß geworden?», fragte Imke beiläufig.

«Auf einem kleinen Bauernhof im Münsterland.»

Sieh mal einer an, dachte Imke verblüfft. Das hätte ich nicht gedacht. Was aus Bauerstöchtern heute so alles wird … Sie wandte sich an die anderen: «Wir räumen Heiligabend das Wohnzimmer leer, die Discokugel hängt ja schon, zusätzlich besorgen wir eine Lichtorgel, und dann wird getanzt, bis wir umfallen.»

«Was?», rief Geeske.

«Wieso denn nicht?», fragte Maria.

«Jesus ist ja wohl nicht in einer Disco zur Welt gekommen!», keifte ihre Tante

«Willst du lieber in einem Stall feiern?», konterte Maria.

«Ihr seid peinlich», murmelte Lilith, ohne zu ahnen, was sie damit lostrat. Denn plötzlich hatte sie die gesamte Familie Riewerts als Front gegen sich.

«Wieso sind wir denn peinlich?», zischte Regina.

«Seit wann ist es peinlich zu diskutieren?», rief Sönke.

«Wirklich, unverschämt!», meldete sich Maria zu Wort.

«Entschuldigung, ich nehme sofort alles zurück und behaupte das Gegenteil», lenkte Lilith lächelnd ein.

Immerhin, dachte Imke. Und gegen das Tanzen hatte sie auch nichts gesagt.

Jetzt hielt Imke einen Zettel hoch. «Damit es keinen Streit gibt, schreibt jeder drei Titel auf, die er unbedingt hören will. Und es ist absolut verboten, über die Wünsche der anderen zu lästern.»

«Einverstanden», bestätigte Sönke.

«Ich finde Disco an Heiligabend immer noch seltsam», maulte Geeske.

«Besser als dumm rumsitzen», fand Arne.

Damit war es abgemacht.

Als alle ihre Wünsche notiert hatten, fragte

Geeske: «Sollen wir dann jetzt etwas zusammen spielen?»

«Gespielt habe ich ewig nicht mehr», pflichtete Lilith begeistert bei.

«Aber was?», überlegte Imke.

«Malefiz», schlug Geeske vor.

«Das geht nur zu viert», stellte Maria fest.

Und in der plötzlich entstandenen Harmonie durfte niemand ausgeschlossen werden, das war klar.

«Auf der Rückseite gibt es auch ein Spielfeld für mehrere», wusste Imke.

«Oder Monopoly?», fragte Lilith.

«Ich habe die Föhrer Version davon», rief Imke.

Lilith war begeistert. «Au ja!»

Imke verkniff sich gerade noch einen bösen Kommentar: Die Sylter kaufen eben gerne Immobilien, dachte sie, auch und gerne von der Nachbarinsel …

Sie holte das Spiel aus dem Schrank und breitete es auf dem Wohnzimmertisch aus. Alle schauten begeistert auf das Spielfeld: Statt Nord- und Südbahnhof gab es den Sportboothafen Wyk und den Flughafen. Die grünen Straßen waren der Wyker Rebbelstieg und die Große Straße, wo Ricky sein Juweliergeschäft hatte. Wofür man am meisten zahlen musste, waren normalerweise die dunkelblaue Parkstraße und die Schlossallee – in der Föhrer Version waren es der Wyker Sandwall und die Kurpromenade. Wenn man dort ein Hotel hatte, waren die anderen so gut wie chancenlos.

Beim Spiel trafen die verschiedenen Temperamente direkt aufeinander. Lilith führte die Bank und verteilte die Häuser und Hotels, vor allem aber zählte sie sämtliche Spielzüge mit. Vertat sich jemand, gewollt oder ungewollt, schritt sie entschieden ein. Regina und Geeske waren die Ehrgeizigsten und konnten es nicht ertragen, wenn ihnen ein anderer eine Straße vor der Nase wegkaufte. Sönke spielte lässig und entspannt. Arne, Maria und Imke waren notorische Schummler, was Lilith immer wieder gnadenlos entlarvte.

«Ich kaufe die Lembecksburg!», rief Arne, als alle Straßen verteilt waren. Dabei war die Burg kommerziell wertlos. Die großen Deals wurden zwischen Lilith und Imke gemacht.

«Tauschst du das Gotinger Kliff gegen Oldsum und Oevenum?», fragte Lilith sie.

«Plus zehntausend auf die Kralle», forderte Imke.

«Ich gebe dir fünf – allerhöchstens.»

«Acht.»

Geschäftsfrau Lilith war voll in ihrem Element. «Komm, du wolltest doch von Anfang an sechs!»

Verschenkt wurde nichts, sie einigten sich schließlich auf 7750 Euro. Lilith baute in Oldsum und Oevenum sofort teure Hotels (was im wirklichen Leben bitte nie passieren sollte!). Daraufhin holte Imke erst mal Föhrer Wein aus dem Kühlschrank, zwei Flaschen Waalem Kul, der in Nieblum und Alkersum angebaut wurde. Die robusten Johanniter- und Solaristrauben konnten im Nordseeklima gut gedeihen, wenn man sie windgeschützt anpflanzte. Daraus entstand ein trockener, gut genießbarer Weißwein, was Touristen immer wieder erstaunte.

Die Stimmung war grandios, alle verstanden sich prächtig. Am Ende gewann Sönke das Spiel, mit viel Würfelglück, knapp vor Maria. Danach saßen sie gemütlich zusammen, erzählten sich Geschichten und lachten viel.

So sähe der perfekte Heiligabend aus, dachte Imke bei sich. Sie trank sonst nicht viel Alkohol, aber heute achtete sie darauf, dass sie ein Glas mehr zu sich nahm, um später Geeskes Schnarchen zu überstehen. Alles war schon fast zu schön. Und das Erstaunlichste war: Lilith war auf einmal gar nicht mehr so unsympathisch.

Als Imke eine weitere Flasche Waalem Kul aus dem Kühlschrank holte, nahm Arnes Freundin sie dezent beiseite.

«Durchaus trinkbar», urteilte sie.

Von nebenan hörte man eine Lachsalve nach der anderen: Regina erzählte schmutzige Witze, was sie immer tat, wenn sie zwei Gläser Wein getrunken hatte. Und Maria war auch nicht ohne –

weder was die Witze noch was den Wein anbelangte.

Dann rückte Lilith näher an sie heran. «Du, ich habe ein Problem», raunte sie.

«Was denn?»

«Ich habe eine Lactoseintoleranz. Wahrscheinlich ausgelöst durch die Trennung von Robert, sagt mein Heilpraktiker.»

«Das tut mir leid.»

«Ist nicht schlimm, ich kann etwas dagegen tun.»

«Was denn? Tabletten?»

«Um Gottes willen! Nein, spezielle Yogaübungen, und zwar jeden Tag exakt zur gleichen Zeit.»

«Na denn.» Imke entkorkte die Weinflasche.

«Dafür bräuchte ich aber das Wohnzimmer.»

«In Ordnung, wenn es nicht jetzt sein muss», zwinkerte Imke ihr zu.

«Es *muss* jetzt sein.» Lilith sah sie ernst an. «Kannst du den anderen bitte Bescheid sagen?»

Imke blickte sie fassungslos an.

Es hatte sich nichts geändert, sie befand sich in einem Irrenhaus. Dabei war noch nicht mal Weihnachten.

12

Imke schlief so lange wie möglich und frühstückte dann ausgiebig in der Küche. Geeske hatte sich den Toyota geliehen und war zusammen mit Sönke nach Wyk gefahren. Im Wohnzimmer stritten sich gerade Lilith und Arne, was Imke bei frisch Verliebten bemerkenswert fand. Sie nahm es hin wie ein Radio, das im Hintergrund lief. Aber dann musste sie doch in die Höhle des Löwen, um sich ihre Lieblingsmarmelade vom Couchtisch wiederzuholen.

«Du hast gestern beim Monopoly so was von geschummelt», schimpfte Lilith. «Wenn du das im wirklichen Leben genauso machst, na, vielen Dank! Was bist du bloß für ein Mensch!»

«Es war doch nur ein Spiel», verteidigte sich Arne.

«Ein Spiel sagt aber eine Menge aus über einen Menschen.»

«Was meinst du dazu, Mama?», fragte Arne, als sie hereinkam.

Imke hob abwehrend die Arme. «Gar nichts.»

«Aber du hast doch mitgespielt und musst es gesehen haben», warf Lilith ein.

«Ich halte mich da raus.» Schnell verschwand sie in der Küche, um in Ruhe zu Ende zu frühstücken.

Später verzog sie sich ins Schlafzimmer, wo sie Geeskes alten Frotteepyjama auf dem Bett liegen sah. Imke lächelte: Mit dem Seidenpyjama bei «Hemd und Höschen» hatte sie für ihre Älteste genau das richtige Weihnachtsgeschenk ausgesucht.

Sie blieb dann den ganzen Tag im Schlafzimmer und starrte aus dem Fenster. Draußen hatte es erneut zu schneien begonnen. Aus dem Wohnzimmer tönte der endlose Streit von Arne und Lilith. Irgendwann war kurz Ruhe, dann hörte man die beiden kichern und flüstern. Allmählich wurde das Irrenhaus hier zu einer Art Gefängnis. Imke wollte nur noch weg.

Auf keinen Fall würde sie jetzt diesen Stadler weitersuchen oder sonst was für andere tun. Nein, jetzt war erst mal sie dran! Sie wusste, was ihr guttun würde. Draußen dämmerte es schon, und für den Abend hatte sie einen wunderbaren Plan.

Sie ging zum Kleiderschrank. Die erste Frage lautete: Was soll ich für das, was ich vorhabe, anziehen? Sie kniete sich auf den Boden und wühlte im untersten Fach. Dort waren alte Sachen verstaut, die sie ewig nicht getragen hatte. Sie zog das neonfarbene T-Shirt heraus, das vor Jahrzehnten mal Teil ihres Nena-Outfits gewesen war. Ziemlich gewagt, aber sie liebte nun mal die Sängerin und ihre «99 Luftballons». Imke hatte sich damals die Haare genauso schneiden lassen wie sie und ihren Kleidungsstil kopiert.

Das T-Shirt hatte so grelle Farben, dass sie einen fast blind machten, wenn man damit in der Disco im Schwarzlicht stand. Arne war damals stolz auf seine Mutter gewesen, Geeske hatte nur mit dem Kopf geschüttelt, Regina hätte sich am liebsten adoptieren lassen. Genau das musste es wieder sein!

Über das T-Shirt kam ein Unterhemd mit Leopardenmuster und um die Stirn ein breites Frotteeband in Neongrün. Dazu passten am besten ihre roten Basketballschuhe, die sie im Schuhschrank im Flur aufbewahrte und ebenfalls seit Jahren nicht mehr angerührt hatte. Sie packte die Klamotten in eine Edeka-Tüte, zusammen mit Kulturbeutel und Handtuch. Dann rief sie bei Maria zu Hause an.

«Moin, mien Deern.»

«Moin, Oma, was macht das harmonische Zusammenleben in deinem Haus?», kam es ironisch aus dem Hörer.

«Ich brauche Asyl.» Das war keine Frage, sondern eine Bitte.

«Blaulicht?»

«Hmm.»

Maria verstand sofort. «Zehn Minuten – höchstens.»

«Föl thoonk.»

Maria raste mit Blaulicht und Martinshorn nach Nieblum.

Als sie dort ankam, stand Oma schon in der Haustür. «Ihr wisst ja, wo alles steht», hörte Maria sie Arne durch die halb geöffnete Tür zurufen. Dann rannte sie auf dem verschneiten Weg so schnell auf den Polizeiwagen zu, dass sie ins Rutschen kam und fast gestürzt wäre. Es ging gerade noch gut. Ein Oberschenkelhalsbruch hätte jetzt noch gefehlt.

Gerade als Maria losfahren wollte, kam Sönke mit Geeske in Omas Toyota angefahren.

«Wo willst du hin, Oma?», rief er.

«Zu Maria.»

«Wartet, ich komme mit.» Er sprang zu ihnen in den Passat und ließ seine verblüffte Mutter zurück.

Als alle Türen zu waren, atmete Oma Imke auf. «Danke, dass du mich befreit hast, Maria.»

Maria hatte keine Uniform an, sie war gar nicht im Dienst. Im Rückspiegel sah sie noch Geeskes, Liliths und Arnes ratlose Gesichter an Omas Wohnzimmerfenster, dann fuhr sie los, wieder mit Blaulicht und Martinshorn, die sie aber auf der Landesstraße ausstellte.

110

«Was hast du in der Tüte?», fragte Maria.

«Och», murmelte Imke.

Zu Hause in Marias kleiner Einliegerwohnung setzten sie sich erst mal in die Küche und tranken einen Tee.

«Und jetzt?», fragte Maria.

«Schwoofen!», erklärte Oma.

Maria und Sönke lachten, das Wort hatten sie noch nie gehört.

«Schwitzen?», riet Maria.

«Oder ist es was Versautes?», fragte Sönke.

«Eigentlich heißt es nur ‹tanzen›. Aber was daraus wird, weiß man ja nie.»

Maria ging zu ihrer Anlage. «Welche Musik brauchst du denn zum Schwoofen, Oma?»

«Nicht hier! Ich möchte ins ‹Erdbeerparadies›.»

Die Inseldisco war legendär. In den Fünfzigern und Sechzigern war die junge Imke hier regelmäßig gewesen und von der Tanzfläche nicht mehr wegzubekommen. Dort hatte sie auch ihren Mann kennengelernt, der Referendar am Inselgymnasium war.

«Du willst in die Disco?», staunte Sönke.

«Ich ziehe mich nur kurz um.» Imke hielt die Tüte hoch. «Du kannst ruhig schon mal mein Lieblingswinterlied anstellen, Maria? Zum Vorglühen!»

Maria zwinkerte Sönke zu und suchte Knut Kiesewetters CD mit dem Lied vom tanzenden Winter heraus, das sie zusammen beim ersten Schnee gesungen hatten.

Als ihre Oma aus dem Bad kam, staunten sie nicht schlecht. Maria hatte sie noch nie in neonfarbenem T-Shirt, roten Schuhen und hautengen Jeans gesehen, von dem grellen Stirnband mal ganz zu schweigen.

Sie wusste nicht, wie sie es ihr schonend beibringen sollte: «Oma, ich sag es ja nicht gerne, aber so was trägt man heute in keiner Disco mehr …»

«Nena hat auch immer so was angehabt.»

«Das ist lange her, Oma, Nena ist jetzt quasi Rentnerin.»

«Dann ist das eben … wie sagt man? – Kult!»

«Ja, aber nur im besten Fall.»

Ihrer Oma war bestimmt klar, dass sie auffallen würde wie ein Papagei. Aber das würde sie sowieso mit Anfang siebzig auf einer Ü-30-Party. Wobei sie, wenn man das Motto wörtlich nahm, ja durchaus zur Zielgruppe gehörte.

Es kam noch dicker: «Du, Maria, falls ich heute Abend jemanden kennenlerne», raunte sie ihr ins Ohr, «kann ich ihn dann mit hierherbringen?»

Maria wusste nicht, ob sie lachen oder sich Sorgen machen sollte. «Was hast du vor, Oma?»

Oma verdrehte verständnislos die Augen.

«Na, weswegen geht man denn in eine Disco? Doch um jemanden kennenzulernen, oder nicht?»

Sönke biss sich auf die Lippe. «Schon, aber … wie soll ich sagen? Die Leute sind da eher ein bisschen jünger.»

«Umso besser! Oder glaubst du, ich finde Senioren attraktiver als knackige Kerle?»

«Ja, aber …»

«Du meinst, die wollen mich nicht mehr?»

Maria überlegte, wie sie es diplomatisch ausdrücken konnte. «Viele stehen ja auch auf Gleichaltrige.»

«Ich nicht!»

«Klar.»

«Fünfzig Euro, wenn ich jemanden mitbringe.»

Maria schnappte nach Luft. «Oma!»

«Keine Angst, es geht mir nicht um etwas Ernstes.» Sie lächelte. «Es soll höchstens ein One-Night-Stand werden, rein zum Spaß. Und jetzt entschuldigt mich bitte für eine Viertelstunde.»

Sie verschwand nach nebenan, um noch kurz ein Nickerchen zu machen. Schließlich musste sie Kraft für die bevorstehende Disconacht tanken.

Als sie die Küche verlassen hatte, sah Maria Sönke entsetzt an. Dann mussten beide losprusten.

13

Maria trat zu Sönke ans Fenster. Sie freute sich riesig, dass ihr Cousin da war. Seine wuseligen Haare und seine lebendigen Augen, die Stimme, das Lachen, all das verursachte bei ihr oft ein flaues Gefühl im Magen. Aber sie verbarg ihre Gefühle lieber, so gut sie konnte.

«Was machen wir bloß mit Oma?», flüsterte sie.

«Lassen wir ihr doch ihren Spaß.»

«Da hätte ich nichts gegen, aber es könnte peinlich für sie werden.»

Sönke nahm kurz ihre Hände, und ihr wurde ganz schummrig. Ihr fiel auf, wie lang seine Wimpern waren.

«Das wird unser Einsatz, Frau Kommissarin! Wir beide müssen einfach gut auf sie aufpassen.»

«Zu spät, sie trägt bereits ein Nena-Outfit.»

Sönke lachte. «Möchtest du etwa eine andere Oma haben als unsere?»

Nun lachte sie auch. «Nie im Leben.»

«Dann ist doch alles gut.»

Vom Himmel fielen erneut dicke Flocken, dazu wehte ein steifer Nordwind, der den Schnee zu hohen Wehen auftürmte. Die Räumfahrzeuge kamen gar nicht mehr hinterher. Kaum war eine Straße freigeschaufelt, war sie am anderen Ende schon wieder zugeweht. Auto fahren war auf der Insel unmöglich. Also beschlossen Oma, Sönke und Maria, die paar Meter von ihrer Wohnung in Wrixum zur Disco im Nachbarort Boldixum zu Fuß zu gehen. Sie nahmen Oma in die Mitte und hakten sich bei ihr ein. Es war wunderschön, im Schneetreiben zu marschieren, auch wenn ihnen der Wind eiskalt ins Gesicht blies. Einige Flocken landeten direkt auf Sönkes Wimpern, was toll aussah. Schade, dass sie so schnell wieder schmolzen.

Das Erdbeerparadies befand sich in einem unscheinbaren Flachbau, auf dessen Dach bestimmt ein Meter Schnee lag. Barnie, der Besitzer, war gerade dabei, mit einem Besenstiel Eiszapfen an den Regenrinnen abzuschlagen, damit die Besucher sich nicht verletzten. Neben dem Eingang standen ein Dutzend Trecker, mit denen man überall durchkam: Tiefer Schnee bedeutete für die Insulanerjugend nicht, dass die Disco ausfallen musste.

«Moin, Imke», wurde ihre Oma von verschiedenen Jugendlichen begrüßt, als sie hineingingen.

«Moin, moin.»

Sönke staunte. «Kennst du eigentlich irgendjemanden hier *nicht*?», fragte er. So etwas war er von der anonymen Großstadt Hamburg offensichtlich nicht gewohnt.

«So ist das nun mal, wenn man ein Star ist», lachte Oma.

Drinnen war es rappelvoll, die Musik dröhnte aus den Boxen.

«Zu laut?», fragte Sönke.

Oma sah ihn entrüstet an. «Glaubst du, wir haben die Stones damals auf Zimmerlautstärke gehört?»

Eine normale Disco war das Erdbeerparadies nicht, im Raum standen Antiquitäten herum, eine Nähmaschine und ein paar alte Sessel. Außerdem war ein riesiger Weihnachtsbaum mit einer bunten Lichterkette aufgestellt, die im Takt der Musik blinkte. An den Wänden hingen vergilbte Plakate, die Stars vergangener Zeiten zeigten. Hier hatte eine Menge berühmter Musiker gespielt. Die Insellage hatte mehr gezogen als das bescheidene Honorar, das der Wirt ihnen zahlen konnte.

«Das letzte Mal bin ich an meinem Fünfzigsten hier gewesen», rief Oma gegen die Musik an. «Der runde Geburtstag hat mir damals richtig Angst gemacht, heute kann ich nur darüber lachen.» Sie zog ihre Jacke aus und sprang auf die Tanzfläche, wo sie sofort damit begann, sich die

Seele aus dem Leib zu tanzen. Nicht um aufzufallen, das wusste Maria, sondern weil sie es gerade dringend brauchte. Oma Imke war in diesem Moment alles egal, und das war gut.

Plötzlich brach sie mitten im Tanz ab und kam an den Rand gehumpelt. «Mein blödes Knie», schimpfte sie.

Maria besorgte ihr einen Barhocker zum Ausruhen. Ganz so jung wie die Leute um sie herum war sie eben doch nicht mehr. Schade.

Sönke holte ihnen etwas zu trinken von der Bar. Als er Oma ihr alkoholfreies Flensburger überreichte, leuchteten ihre Augen schon wieder, und sie schaute den anderen beseelt beim Tanzen zu. Offensichtlich fühlte sie sich pudelwohl unter den jungen Menschen.

«Die sehen alle so makellos aus», seufzte sie und fügte hinzu: «Genau wie ich – als ich so alt war wie ihr.» Ein Schatten legte sich über ihr Gesicht.

«Wir müssen Oma etwas aufmuntern», raunte Maria Sönke ins Ohr. Dabei kitzelten seine Haare leicht an ihrer Nase.

Sönke nickte. «Ich habe eine Idee.»

Er zog sie mit sich zum DJ, einem Mittzwanziger mit langen Haaren und einer blauen Brille, sprach einen Musikwunsch aus, den der Mann am Mischpult aber strikt ablehnte. Sönke blieb beharrlich, kam aber nicht weiter. Doch Maria wusste, wie so etwas auf der Insel gehandhabt wurde. Sie lief zur Bar, orderte einen doppelten Manhattan und stellte das Glas wortlos auf das Mischpult. Dann wiederholte sie Sönkes Wunsch – und siehe da: Jetzt funktionierte es.

Es wurde kurz still im Raum, dann ertönte das nächste Lied. Oma riss begeistert die Augen auf. Sie ließ ihr Bier stehen und schwebte förmlich auf die Tanzfläche, die sich schneller leerte, als sie gucken konnte. Ihr Lieblingssänger war hier bestimmt seit den Siebzigern nicht mehr gespielt worden, wenn überhaupt jemals.

«Danke, ihr beiden!», rief sie Maria und Sönke zu.

Die lachten.

Die Musik war eigentlich zu traurig zum Feiern: Auf einen Liter fröhliche Folkmelodie kamen zwei Zentiliter hochprozentige Melancholie. Für ihre Oma schien das genau die richtige Mischung zu sein. Sie breitete die Arme aus und schloss die Augen. Alle Schweinwerfer waren auf sie gerichtet. Dann hob sie die Arme über den Kopf. In diesem Moment sah sie aus wie eine Figur aus *Flashdance*. Ihre Knieschmerzen schienen durch das Adrenalin in ihrem Körper neutralisiert zu werden. Sie sang die Melodie laut mit.

Winter, heut' hab ich dich tanzen gesehn.
Ans Fensterglas locken mich tanzende Flocken,

Wirbeln so schwungvoll und tanzen so schön,
Deine Flocken, als würden sie nie mehr
vergehn.

Es wirkt, als sei'n Geest und der Marsch weite
Fennen,
Mit schlohweißen Tüchern bedeckt.
Schon scheint es, als wenn sie zu schlafen
begönnen
Und würden nie wieder geweckt.
Das hat mich oft an dir erschreckt.

Du hast unter Watte den Wald fast begraben,
Belädst jeden Ast damit schwer.
Dein Wind scheint sehr oft scharfe Klingen zu
haben,
Auch trägt er die Vögel nicht mehr.
Das störte mich oft an dir sehr.

Irgendwann fingen die Leute an, sich um Oma zu scharen und im Takt mitzuklatschen. Sönke und Maria schlossen sich ihnen an. Es war zwar überhaupt nicht die Musik der Gäste, aber sie freuten sich einfach mit ihr. Imke drehte sich, bis ihr schwindelig wurde und Sönke sie stützen musste.

«Das war mein bester Discoabend seit langem», rief Oma auf dem Nachhauseweg.

Maria konnte ihr nur zustimmen.

14

Als Imke am folgenden Mittag in ihr Häuschen zurückkehrte, herrschte dort wieder das pure Chaos: Arne hatte sich offenbar so schlimm mit Lilith gestritten, dass er nun Schluss machen wollte. Großes Drama. Imke nahm das nicht besonders ernst, spätestens zur Kaffeezeit würden sich die dunklen Wolken wieder verzogen haben. Sie setzte sich seelenruhig mit ihrer Teetasse ans Fenster, um dem Schneetreiben zuzuschauen, da durchfuhr sie ein Riesenschreck: Direkt hinter ihrem Toyota parkte der Campingbus von Robert Stadler ein! Mit anderen Worten, er hatte Arnes und Liliths Versteck herausbekommen. Und nun?

Imke war sich mittlerweile nicht mehr ganz sicher, was sie überhaupt wollte. Es war so viel passiert in der Zwischenzeit. Gelang es, Stadler von der Insel zu vertreiben, würden Lilith und Arne vermutlich wieder in die Mühle ziehen. Dann würden sie an Heiligabend wohl nicht bei ihr, sondern doch im Golfclub feiern. Wie konnte sie das verhindern?

Doch erst einmal bestand vor ihrer Haustür gerade dringender Handlungsbedarf. Stadler hatte sich direkt vor dem Eingang platziert: Sobald Lilith das Haus verließ, würde sie an ihrem Ex nicht vorbeikommen, und das würde Ärger geben. Da war es besser, Imke nähme die Sache selbst in die Hand.

Plötzlich kam ihr eine Idee, wie sie all ihre Probleme mit Stadler, Arne und Lilith auf einmal lösen konnte! Wieso war sie darauf nicht schon früher gekommen?

Sie zog sich ihre Jacke an und stapfte hinaus. Entschlossen klopfte sie an die Seitentür des Kleinbusses, die nach ein paar Sekunden einen Spaltbreit geöffnet wurde.

«Was wollen Sie?», kam es von drinnen.

«Seit wann siezen wir uns?», fragte Imke.

«Wieso? Ich habe Sie noch nie gesehen.» Die Stimme klang ruhig und angenehm.

«Wir sind ja wohl beide Insulaner, oder zählt Sylt jetzt schon zum Festland?»

«Nee.»

«Ich bin Imke.»

«Robert.» Der Türspalt vergrößerte sich.

«Ich habe deinetwegen eine Menge Ärger, Robert.»

«Wieso das?»

«Es ist kalt hier draußen, kann ich vielleicht reinkommen?»

«Okay.»

Imke kletterte in den Campingbus, der innen mit hochwertigen Schränken und einer Schlafcouch ausgestattet war. Die Standheizung funktionierte bestens, es war fast schon ein bisschen zu warm.

Robert sah ganz anders aus, als sie erwartet hatte. Er war ein attraktiver Mann um die vierzig, sportlich, lockige schwarze Haare, die hier und da grau wurden. Wenn sie ehrlich war, war er genau ihr Typ. Das verwirrte sie ein bisschen, mit einem echten Kotzbrocken wäre es viel einfacher gewesen.

«Schön hast du es hier», sagte sie.

«Was willst du?»

Gut, auch sie hatte eigentlich keine Lust auf Smalltalk. Sie versuchte es mit der bestmöglichen Strategie in solch einer Situation: der Wahrheit.

«Lilith und Arne sind in mein Haus geflohen, weil sie dich nicht sehen wollen. Da hocken noch mehr Verwandte von mir, es ist viel zu eng für uns alle.»

«Lilith soll mit mir nach Sylt zurückkommen, dann wird es leerer in deinem Haus.» Er sah ernst aus, als er das sagte.

«Und wenn sie es nicht tut?»

«Das geht dich nichts an», grummelte er.

«Stimmt.»

«Wieso ist Lilith überhaupt bei dir?»

122

Imke überlegte kurz, bevor sie zugab: «Arne ist mein Sohn.»

«Verstehe, du sollst den Weg für ihn freiräumen.»

Wenn der wüsste!

Imke schüttelte den Kopf. «Lilith sagt, dass ihr schon ein halbes Jahr getrennt seid.»

«Na und?»

«Geht es um den Schmuck, den sie einfach genommen hat?»

«Nein, der Geldwert steht ihr zu, das habe ich eingesehen.»

«Klingt fair.»

Robert war wirklich nicht unsympathisch.

«Sie hat mein Juweliergeschäft fast alleine hochgebracht, da soll sie ihren Anteil haben.»

«Was ist dann dein Problem?»

«Das ist privat.»

Imke lächelte. «Ich bin die gute Fee, die zu dir in den Campingbus gekommen ist und dir einen Wunsch erfüllt. Vielleicht habe ich eine Idee, wie du aus allem heil wieder rauskommst.»

«Wie das?» Es sah so aus, als wenn sie ihn an der Angel hatte.

«So ein attraktiver Kerl wie du ist doch kein Stalker, das hast du nicht nötig.»

Robert lächelte kurz und schaute dann wieder missmutig aus dem Fenster. «Bei mir läuft zurzeit alles schief.»

«Wer führt denn gerade dein Juweliergeschäft in Kampen?»

«Niemand, ich will den Laden verkaufen.»

«Um was zu tun?»

«Als Erstes werde ich so weit in den Norden fahren, wie es nur geht.»

Imke klatschte vor Begeisterung in die Hände. «Das kann ich gut verstehen. Jeden Friesen zieht es dorthin. Auf unseren Inseln siehst du im Sommer ja immer dieses ferne Licht im Norden, das nie untergeht. Da bekommt man Sehnsucht.»

«So ist es.»

«Ich kann dir nur raten, fahr gleich nach Weihnachten los!»

«Wegen der Polarlichter?»

Imke nickte. «Ich war da, und ich sage dir: Wenn du die Polarlichter gesehen hast, bist du hinterher ein anderer Mensch. Ich denke bis heute beim Einschlafen an dieses grüne Schimmern und Tanzen am Nordhimmel – dabei ist das zwanzig Jahre her.»

Sie lächelten sich einvernehmlich an.

«Du weißt doch schon lange, dass Lilith nicht mehr zurückkommt», sagte Imke. «Sie ist gar nicht dein größtes Problem.»

Er sah sie überrascht an. «Sondern?»

«Weihnachten», sagte sie leise.

Statt einer Antwort rieb er sich die Augen. Sie hatte anscheinend ins Schwarze getroffen.

«Ich kenne das Gefühl, wenn man ohne Familie feiern muss», fügte sie hinzu. «Es fühlt sich erbärmlich an. Weißt du schon, mit wem du Heiligabend verbringen wirst?»

«Ich hatte gehofft, mit Lilith.»

«Hast du keine Familie?»

«Die lebt weit weg.»

«Freunde?»

«Müssen über die Feiertage durcharbeiten, wie das auf Sylt üblich ist.»

Nun vollendete Imke ihre Idee, die ihr so gut erschien, dass sie es gar nicht fassen konnte: Falls die Mühle und der Golfclub «blockiert» wären, würden Arne und Lilith auf jeden Fall bei ihr feiern! Mit Glück konnte sie mit einem Handstreich den gordischen Knoten zerschlagen und alle zufriedenstellen, inklusive sich selbst.

«Ich habe die Lösung für dich», verkündete sie feierlich.

Robert sah sie skeptisch an. «So?»

«Du spielst doch Golf, oder?»

«Ja, aber was hat das …»

«Fahren wir zum Golfclub», schlug Imke vor.

«Golf im Schnee?»

«Setzt du mich nachher wieder hier ab?»

«Was wird das?»

«Los!»

Immerhin war er neugierig geworden. Er setzte sich hinters Steuer und startete den Motor.

Imke dirigierte ihn zum Golfclub am Grevelingstieg. Die vielen kleinen Hügel des weitläufigen Geländes waren komplett mit Schnee bedeckt, das hölzerne Clubhaus unter den Kieferbäumen war ebenfalls meterdick eingeschneit. Es herrschte Stille.

«Was wollen wir hier?», fragte Robert. «Es ist ja wohl Spielpause.»

«Nicht ganz», sagte Imke und führte ihn hinein. Henning saß in seinem Büro unter den Wimpeln und Pokalen, es roch nach Tee mit Rum.

«Moin, Henning.»

Er strahlte. «Moin, Imke.»

Sie deutete auf Robert. «Ihr kennt euch?»

Henning überlegte. «Das Charityturnier letztes Jahr in Kampen, nicht wahr? Gegen diese Filmfritzen.»

«Ganz genau, ich bin Robert Stadler.» Robert grinste. «Tut mir leid, dass wir euch geschlagen haben.»

Sie gaben sich die Hand.

«Du bist der Freund, äh, Exfreund von Lilith, oder?», überlegte Henning weiter.

«Ja.»

Imke holte tief Luft. «Du, Henning, ist der Platz neben dir an Heiligabend noch frei?»

«Ja, klar, habe ich dir doch versprochen.»

«Super!»

«Du kommst?» Hennings Augen leuchteten.

«Leider nein, die Familie, du weißt schon, ich kann sie nicht alleine lassen … Aber ich würde gerne Robert meinen Platz überlassen.»

Okay, das war frech, weil es natürlich vollkommen anders gedacht gewesen war.

«Wie?», fragte Robert verblüfft. Auch Henning sah nicht amüsiert aus.

«Wie wäre es, wenn du unter Golffreunden auf Föhr Heiligabend feierst?», sagte Imke zu Robert. «Die Partys im Club sind legendär.»

«Äh …»

«Super, danke!» Sie lief zu Henning, umarmte ihn und küsste ihn spitz auf den Mund. «Du bist echt ein Schatz!»

Mit den Waffen einer Frau funktionierte es ohne jeden Widerstand. Henning war so überwältigt, dass er verstummte.

Als sie das Clubhaus wieder verließen, blieben sie noch kurz vor der Tür stehen und blickten auf den Schnee in den Bäumen. Robert war ebenfalls verstummt, wirkte aber gar nicht so unzufrieden. Im Stillen triumphierte Imke: Teil eins ihres Plans war aufgegangen. Denn Lilith würde niemals mit ihrem Ex im Golfclub feiern wollen, das war ausgeschlossen. Doch was, wenn Lilith und Arne sich nun entschlossen, zu zweit bei sich in der Mühle zu feiern?

Es blieb dabei: Imke bekam Arne nicht ohne

Lilith. Sie brauchte nur eine Sekunde, dann ging sie zum nächsten Schritt über.

«Kannst du mir kurz dein Handy leihen?», fragte sie. «Ich habe meins zu Hause vergessen.»

Er reichte es ihr. Imke wählte ihre eigene Festnetznummer und stellte sich ein paar Schritte abseits, sodass er nicht mithören konnte.

«Bei Riewerts», meldete sich Geeske.

«Imke hier, kann ich mal Lilith haben?»

«Die kann nicht, streitet gerade mit Arne.»

«Sie soll mal eine kurze Pause einlegen, es gibt was Wichtiges, bitte ...»

Kurze Zeit später kam Lilith an den Apparat.

«Ja?» Sie klang angespannt.

«Ich habe gute Nachrichten für dich!», rief Imke. «Das mit deinem Robert habe ich geregelt.»

«Er ist nicht mehr *mein* Robert!»

Imke lachte. «Ich weiß, mein Schatz. Das Wichtigste ist aber doch, dass er dich ab jetzt in Ruhe lässt.»

«Ist das sicher?»

«Absolut. Es gibt nur einen Haken ...»

«Nicht einen Cent zahle ich ihm zurück!»

«Keine Sorge. Es ist nur ... er hat vor, dieses Jahr Weihnachten auf Föhr zu feiern. Und zwar im Golfclub.»

«Aber da wollten doch Arne und ich ...!»

«Keine gute Idee», meinte Imke. «Das ist aber noch nicht alles. Bis Heiligabend und ein paar

Tage danach braucht er eine Unterkunft. Immer im Campingbus schlafen ist nichts für ihn.»

«Er hat doch sein Haus auf Sylt», kam es schnippisch zurück.

Imke holte tief Luft. «Ich habe ihm für die paar Tage deine Mühle angeboten.»

Okay, das war geflunkert, aber es passte perfekt.

«Was? Wie kannst du …?»

«Das ist nicht verhandelbar.»

«Sonst was?»

«Sonst wirst du ihn nie los.»

Imkes Herz klopfte. Wenn Robert die Mühle besetzte, war sie für Arne und Lilith gesperrt, genauso wie das Heiligabend-Dinner im Golfclub.

«Das ist Erpressung!»

«Ja, aber eine harmlose, würde ich sagen. Du feierst mit deinem Liebsten einfach bei mir zu Hause, und ab dem zweiten Feiertag ist dein Ex dann für immer aus deinem Leben verschwunden – ist das nichts?»

Kurze Pause.

«Hmm, okay.»

Imke hätte tanzen können vor Glück: Es hatte tatsächlich geklappt! Damit hatte sie die ganze Familie an Heiligabend zusammen.

15

Einen Tag vor Heiligabend stand Imke auf dem Achterdeck der Morgenfähre zur Nachbarinsel Amrum. Die «Norderaue» tuckerte langsam am Weihnachtsbaum an der Hafenausfahrt vorbei, den Imkes Schwiegersohn Holger von der Stackmeisterei dort befestigt hatte. Das Wasser war aufgewühlt, auf dem Meer tanzten hohe Wellen, die ihr keinesfalls Sorge bereiteten. Mit Seekrankheit hatte sie zum Glück noch nie zu tun gehabt, nicht einmal bei heftigem Sturm.

Imke war allein auf dem Vordeck. Sie hatte sich in zwei Schals, Wollmütze und Kapuze, Thermohose und Daunenjacke eingemummelt. Die «Norderaue» schaukelte am Wyker Südstrand vorbei, an dem sie im Polarschlafsack in der Sonne geschlafen hatte. Der frostige Nordwind heulte um die Aufbauten der Fähre, mächtige Wellen spritzten über die Bugklappe. Aber das Schiff gab keinen Meter nach, unerbittlich kämpfte es sich in Richtung Amrum vor.

Imke mochte die Nordsee im Winter manchmal lieber als im Sommer. Die Luft war kalt und klar, das Licht veränderte sich ständig, mal fielen bizarre Lichtkegel auf die Wasseroberfläche, im nächsten Moment verdüsterte sich der Himmel zu einem Dämon, der sich wütend über dem Meer austobte.

Das verschneite Wyk zog an der Steuerbordseite vorbei: die Buchhandlung Bubu, das Café Steigleder und Hylkes Arko, wo schon die ersten Gestalten standen, um Kaffee, Glühwein und Manhattan zu sich zu nehmen. Der Südstrand lag unter einer meterdicken Schneedecke.

Die Nachbarinsel Amrum war wenige Seemeilen entfernt. Wie oft waren sie als junge Leute bei Ebbe zu Fuß durchs Watt dorthin gewandert, hatten in der Kneipe «Blaue Maus» gefeiert, um mit der nächsten Tide barfuß über den Meeresboden zurückzukehren. Was gute Kondition voraussetzte und nicht ungefährlich war, aber darüber hatten sie sich damals keinen Kopf gemacht.

Jetzt kam Hinnerk Ohlsen von der Brücke geschlendert und stellte sich neben sie. Sie kannte den weißbärtigen Matrosen aus Süderende. Eigentlich war ihr seine Gesellschaft gar nicht recht, diese Fahrt wollte sie nicht unbedingt an die große Glocke hängen. Aber so etwas war natürlich nicht zu vermeiden, ein großer Teil des Fährpersonals wohnte nun mal auf Föhr und kannte sie.

«Na, Imke, auf großer Fahrt?», begrüßte er sie.

Was sollte sie jetzt sagen?

«Ich will zu meinem heimlichen Geliebten, aber bitte nicht weitertratschen.» Sie zwinkerte ihm zu.

Er lachte laut. «Na, du hast Sprüche drauf.»

Imke lächelte. Manchmal war nichts unglaubwürdiger als die Wahrheit.

Sie zog das Fernglas, das sie Kurt zu Weihnachten schenken wollte, aus ihrer Daunenjacke und schaute nach vorne, was sie erwartete. Amrum war im Grunde eine riesige Düne mit etwas Wald und einem breiten Strand, dem sogenannten Kniepsand. Auch auf der Nachbarinsel war alles weiß, der Schnee lag auf den Dünen wie die Sahne auf ihrer Friesentorte. Das Fernglas war phantastisch.

Schon von weitem erkannte sie Johannes' Silhouette. Er ging am Hafenkai in seiner dicken Jacke auf und ab.

Keiner in der Familie wusste von ihrem Geliebten, dabei ging ihre gemeinsame Geschichte seit Jahrzehnten, und auch schon zu der Zeit, als ihr Mann noch lebte. Sie hatte immer noch ein schlechtes Gewissen Maria gegenüber: Was sie ihr letztens über sich und die Liebe im Alter erzählt hatte, war Unsinn gewesen. Mit der Liebe hörte es nie auf, auch bei ihr nicht – und das war auch gut so. Irgendwann sollte sie das mal richtigstellen.

Johannes stand neben seinem Auto, das außer ihm kaum jemand in diesem Land fuhr: ein alter russischer Lada-Kombi in Dunkelblau. Vor allem seine Werkstatt freute sich über dieses Modell, weil sie an seinen unzähligen Pannen gut verdiente. Aber Johannes war von seinem Lada nicht abzubringen. Als Russischdozent an der Kieler Uni wollte er seine Verbundenheit mit diesem Land und seinen Menschen zeigen, was nichts mit Politik zu tun hatte, sondern mit Zuneigung. Johannes war immer noch viel in Russland unterwegs, Imke hatte ihn mehrmals dorthin begleitet. Im letzten Sommer waren sie mit dem (ziemlich unbequemen) Lada bis Sankt Petersburg gefahren und hatten dort eine wunderbare Zeit in einer Datscha verbracht.

Sie setzte erneut das Fernglas an die Augen. Johannes winkte ihr zu, seine braunen Augen lachten dabei. Er trug die Haare wieder länger, was ihm hervorragend stand.

Es war schon seltsam: Nachdem ihr Mann vor nicht allzu langer Zeit gestorben war, hätte sie irgendwann das Geheimnis um Johannes lüften und mit ihm zusammenziehen können. Die meisten Paare wollten ja so eng wie möglich sein. Aber irgendetwas hielt sie beide davon ab. Vermutlich hatten sie sich schon so sehr an ihre unregelmäßigen heimlichen Treffen gewöhnt, dass sie gar nichts mehr daran ändern wollten. Johannes und sie strichen umeinander wie Katzen, die sich liebten, aber zwischendurch eigene Wege gingen.

Ihr Herz hüpfte, als sie in Wittdün von Bord eilte.

«Imke!», rief er, als er sie sah.

«Johannes!»

Sie umarmten und küssten sich.

«Schön, dass du da bist.»

«Endlich.»

Ihm fiel sofort ihre Kette auf. «Neu?»

«Kommt aus Peru und bringt Glück. Eigentlich wollte ich sie Arne schenken, aber der hat sie gar nicht verdient.»

Johannes lachte. «Oha, wenn du sauer bist, bist du es aber richtig, was?»

Sie stiegen in den Lada, er drehte den Zündschlüssel um. Es kam nichts außer ein schwaches Stottern.

«Bitte nicht», sagte Imke.

Nach einem Dutzend weiterer Versuche sprang der Wagen dann doch an. Auf der Fahrt nach Norddorf bewunderte Imke die Schneeberge am Straßenrand und auf den Feldern.

«Hat sich deine Familie wieder beruhigt?», erkundigte sich Johannes, den sie in den letzten Wochen telefonisch immer auf den neusten Stand gebracht hatte.

«Wie man's nimmt. Ich denke, wenn wir das morgen mit dem Tanzen durchziehen, wird es friedlich werden.»

«Sicher?»

«Ich bin ja dabei und muss bestimmt hier und da etwas ausgleichen. Wie es eine Mutter und Oma eben so tut.»

«Und Arnes Neue?»

«Lilith ist eine, die zum Lachen in den Keller geht. Normalerweise ist das nur ein Spruch, aber sie tut es wirklich.»

«Hast du sie schon mal im Keller erwischt, oder was?»

Imke zog die linke Augenbraue hoch. «Ich habe es von oben ganz genau gehört.»

Heute, einen Tag vor Heiligabend, würden sie wie jedes Jahr ihr ganz persönliches Weihnachtsfest zu zweit in seinem Ferienhaus feiern. Davon hatte niemand je erfahren, und so würde es auch bleiben. Morgen würde sie dann mit der Fähre zurückfahren und das offizielle Fest tanzend in ihrer Familie begehen.

Johannes stellte den Wagen vor seinem Haus ab. Es war das letzte vor der Amrumer Odde, der unbewohnten Nordspitze der Insel. Es gab nur eine Einschränkung, mit der Imke leben musste: Johannes war in allen Dingen ein leidenschaftlicher Mann, stilvoll und sinnlich, aber aus irgendeinem ihr vollkommen unverständlichen Grund konnte er mit Weihnachtsschmuck nichts anfangen. Johannes behauptete sogar manchmal im Scherz, er habe das Haus auf Amrum nur gekauft, weil er hier dem Adventsrummel in der Stadt Kiel, in der er überwiegend lebte und arbeitete, entfliehen konnte. So gesehen war es ein Segen, dass sie nicht zusammenwohnten.

Imke hatte sich damit abgefunden, so war es nun mal. In einer Beziehung hatte man eben pauschal gebucht. Ihrem Fest einen Tag vor Heiligabend tat das keinen Abbruch, das liebte er genauso wie sie, und sie zelebrierten es seit Jahren auf die gleiche Weise.

Johannes schloss die Tür auf und ließ ihr, ganz alte Schule, den Vortritt. Imke fühlte sich hier seit vielen Jahren zu Hause, obwohl – oder gerade weil – drinnen alles an Russland erinnerte. Die Wände hingen voller Fotos von sibirischen Birkenwäldern, vom Baikalsee und von Sankt Petersburg. Die meisten Bücher in den Regalen trugen eine kyrillische Aufschrift, die Imke inzwischen sogar entziffern konnte, das hatte Johannes ihr beigebracht. Dass sie ein bisschen Russisch beherrschte, ahnte auf Föhr niemand.

Als sie vom Flur in den großen Wohnraum mit dem knisternden Kamin trat, fiel sie fast um, so baff war sie: In der Mitte des Raumes stand ein riesiger Weihnachtsbaum, der bis zur Decke reichte, mit Kerzen und Lametta. An den Zweigen hingen sogar Strohsterne.

«Was ist das?», fragte sie und drehte sich zu ihm um.

«*Rozhdestvenskaya yelka*», sagte er auf Russisch. «Ein Weihnachtsbaum.»

Sie fiel ihm um den Hals. «Ich dachte, du ...»

«Nur wer sich ändert, bliebt sich treu.» Er küsste sie auf die Nasenspitze. Unter dem Baum stand ein kniehohes hölzernes Nilpferd in abgeblätterter dunkelroter Farbe und mit einem Adventskranz auf dem Rücken.

«Und das?», fragte sie.

«Das Nilpferd habe ich mal vor Jahren in der Nähe von Omsk gekauft. Ich finde, es passt unter den Baum. Eigentlich wollte ich es weggeben, aber wer will so etwas schon haben?»

«Arne!», rief Imke. «Nilpferde sind seine Lieblingstiere.»

Es würde perfekt in die Mühle passen.

«Dann nimm es gerne mit.»

Da Johannes' Haus in Norddorf direkt am Wasser lag, heulte der Sturm hier viel lauter als bei ihr in Nieblum, wo sie in der zweiten Reihe wohnte. Man bekam das Gefühl, als würde der Wind gleich die Scheiben eindrücken. Im Kamin flackerte das Feuer, Johannes hatte gut eingeheizt. Er öffnete eine Flasche Rotwein und reichte ihr ein Glas, dann schenkte er sich selbst ein. Sie setzten sich vor den Kamin und genossen den ersten Schluck, während der Sturm draußen immer heftiger tobte. Zwischendurch knallte es einmal so laut, als würde eine Eisplatte auf Asphalt fallen.

«Was war das?», fragte sie.

«Der Blanke Hans höchstpersönlich», antwortete Johannes und meinte es vollkommen ernst. Irgendwann verschwand er in der Küche, um den Fisch und das Gemüse zuzubereiten. Imke zog sich derweil im Schlafzimmer um. Zu ihrem dunkelroten Rock hatte sie eine weiße Bluse ausgewählt. Zugegeben, die Kette mit der Adlerfeder dazu war ein Stilbruch, aber sie war zurzeit nun mal ihr Lieblingsaccessoire.

Als sie zurück ins Wohnzimmer kam, sah sie, dass Johannes sich ebenfalls umgezogen hatte: Er trug einen schwarzen Anzug, dazu sein dunkelgraues Hemd. Die Lampen waren ausgeschaltet, stattdessen standen überall brennende Kerzen.

«Frohes Fest, meine Liebste», sagte er leise.

«Dir auch, mein Liebster», sagte sie.

Dann küssten sie sich.

Anschließend begann ihr alljährliches Weihnachtsritual, das seit einem Vierteljahrhundert nicht geändert wurde. Johannes setzte sich an den Flügel und spielte das Intro von «I'm dreaming of a white Christmas».

Sie stellte sich neben ihn, dann legten sie zusammen los. Er sang brillant wie ein Heldentenor, sie hingegen traf keinen Ton. Trotzdem trällerte sie, so laut sie konnte, worüber er kein Wort verlor. Das war ein großer Liebesweis. Die Reihenfolge der Stücke war ebenfalls seit Jahren dieselbe:

Nach «White Christmas» kam das friesische «En stäär ljocht döör a wonternaacht», was sie schon mit den Landfrauen gesungen hatte. Jeder sang eine Strophe in seiner Sprache, sie auf Fering, dem Föhrer Friesisch, er auf Deutsch. Schließlich folgte «True love», bei dem sie sich anschmachteten wie in einem Musicalfilm – kitschiger ging es nicht. Bei der Zeile «For you and I have a guardian angel» schmolz sie jedes Mal dahin wie warme Butter, auch wenn sie die zweite Stimme niemals richtig hinkriegen würde.

Es folgte die Bescherung. Sie legte Johannes die Armbanduhr um, die sie bei Ricky in der Großen Straße gekauft hatte. Johannes war völlig aus dem Häuschen.

«Eine echte Fliegeruhr!»

«Magst du sie?»

«Mensch, Imke, ich habe schon wer weiß wie lange darüber nachgedacht, mir genau so eine zu kaufen.»

«Das habe ich mir gemerkt, als wir über den *Nachtflug* von Saint-Exupéry sprachen.»

Den Roman hatten sie vor kurzem wiederentdeckt und zusammen gelesen.

«Ist die schön!» Dann wollte er sie sich umlegen, aber das braune Armband war viel zu lang. «Mein Handgelenk ist schon kräftig», sagte er, «aber so sehr ...?»

Imke lächelte, das hatte Ricky ihr beim Kauf

erklärt. «Diese Uhren trugen die Piloten über dem Ärmel ihrer Fliegerjacke, deshalb die längeren Armbänder.»

«Super!» Er zog die Uhr nun über seinen Jackettärmel.

«Du kannst es auch kürzen lassen», sagte sie.

«Nein, so ist es mal was anderes.»

Sie freute sich, dass ihm das Geschenk so gut gefiel. Nun griff er in seine Jacketttasche und holte einen Lederbeutel hervor.

«Ich habe auch etwas fürs Handgelenk», sagte er und legte ihr einen silbernen Armreif um, auf dem diskret ein kleiner Stein funkelte.

Sie schenkten sich sonst nie Schmuck, aber dieses Jahr hatten sie beide denselben Gedanken gehabt, ohne sich vorher abzusprechen. Der Armreif sah schlicht und geschmackvoll aus, den würde sie gerne tragen.

«Meinst du nicht, der ist zu elegant für mich?», fragte sie, als sie ihn an sich betrachtete.

Johannes lachte. «Du siehst perfekt damit aus.»

Sie zog ihn am Jackettkragen zu sich. «Heißt das, sonst sehe ich unperfekt aus?»

Er nickte. «Ja.»

Sie liebte ihn für seinen trockenen Humor und küsste ihn.

Anschließend tranken sie den hervorragenden Rotwein weiter und lauschten dem eisigen Wind,

140

der ums Haus heulte. Dabei hielten sie sich eng umarmt.

«Sind wir nicht ein komisches Paar?», fragte Imke flüsternd.

«Warum?»

«Weil wir unsere Liebe immer noch geheim halten, obwohl es doch gar nicht mehr nötig ist.»

Johannes lächelte. «Bringt doch Spaß, oder nicht?»

«Wir könnten doch auch zusammenziehen.» Seltsamerweise hatten sie noch nie darüber gesprochen.

«Findest du nicht, dass alles gut ist, wie es ist?» Er wirkte auf einmal unsicher.

«Doch, ich wollte es nur mal ansprechen.»

«Ich liebe dich, Imke.»

«Und ich dich, Johannes.»

Sie küssten sich erneut.

«Bist du denn auch mit *deinem* Weihnachten klar?», erkundigte sie sich.

Er nickte. «Morgen kommen Freunde aus Kiel zu mir.»

Als er später das Essen servierte und sie am Tisch saßen, gingen plötzlich draußen die Feuerwehr-sirenen los. Imke lief ein Schauer über den Rücken. Trotzdem genoss sie das Mahl. Johannes war schon immer ein sehr guter Koch gewesen.

Später packten sie sich dick ein, um einen

Strandspaziergang im Dunkeln zu machen. Der Wind stemmte sich ihnen entgegen wie eine Wand und ließ nicht für eine Sekunde locker. Die Nordsee war im Dunkeln kaum zu erkennen, die starke Brandung dafür umso lauter. Sie mussten sich nach vorne beugen, um überhaupt ein paar Meter voranzukommen, außerdem versanken sie bis über die Knöchel im Schnee. Schon bald kamen sie nicht weiter, also kehrten sie um.

Zu Hause im Bett kuschelte sich Imke an Johannes. Er roch so vertraut. Mit seiner sonoren Stimme erzählte er ihr eine Gutenachtgeschichte, die in einem Borkenwäldchen in der verschneiten Taiga spielte. Imke liebte seine Wintergeschichten, es kamen Bären darin vor, Schneetiger und Jurten, in denen immer ein Feuer brannte, um der Kälte zu trotzen. Danach hielten sie sich noch eine Weile fest und schliefen dann eng beieinander ein.

16

Am nächsten Morgen war Johannes schon vor ihr wach und bereitete das Frühstück zu, mit allem, was sie liebte: selbst eingekochter Marmelade, Toast, starkem schwarzem Kaffee und frisch gepresstem Orangensaft. Sie nahmen es zusammen im Bett ein, das taten sie immer, wenn sie bei ihm war. Das Sturmgeheul draußen hörte sich inzwischen noch bedrohlicher an als am Vortag. Irgendwann ging Johannes zum Telefon und erkundigte sich bei der Fährgesellschaft in Wittdün, ob sich die Abfahrtszeiten geändert hatten. Mit dem Hörer in der Hand kam er zurück.

«Der Sturm ist inzwischen ein Orkan geworden», sagte er, nachdem er aufgelegt hatte. «In Wittdün steht der Hafen unter Wasser, der Fährbetrieb ist eingestellt.»

«Was heißt das?»

«Du kommst heute nicht mehr zurück nach Föhr.»

Sie starrte ihn an. «Ich muss! Es ist Heiligabend.»

«Du würdest zurzeit nicht mal mit einem Hubschrauber rüberkommen.»

«Oje.»

Johannes nahm sie in den Arm. «Dann feiern wir beide eben zusammen.»

«Und deine Freunde?»

«Die können auch nicht kommen.»

«Ich muss meine Kinder informieren.» Sie schnappte sich ihr Handy und rief bei sich zu Hause an. Es klingelte eine Weile, dann nahm Lilith ab.

«Ja, bei Riewerts?»

«Imke hier, wie sieht es aus bei euch?»

«Bestens.»

Besonders euphorisch klang das nicht.

«Kann ich mal bitte eins meiner Kinder sprechen?»

«Dafür müssten sie ihre sinnlosen Streitereien unterbrechen. Ich weiß nicht, ob ich das hinbekomme.»

Imke hörte laute Stimmen im Hintergrund, dann kam jemand an den Hörer.

«Geeske meint, sie ist was Besseres, nur weil ihr Mann mehr verdient als mein Holger», sagte Regina statt einer Begrüßung.

Imke verdrehte die Augen. «Ach, Unsinn, hört auf damit.»

«Die kann mich mal!»

Es war wie jedes Jahr – schrecklich!

Imke räusperte sich. «Also, es ist so … Ich werde heute nicht kommen können.»

«Waas? Wieso das denn nicht?»

«Ich war Weihnachtsgeschenke kaufen in Wittdün, aber dann kam der Sturm.»

Völliges Unverständnis am anderen Ende. «Was gibt es denn in Wittdün, was es auf Föhr nicht gibt?»

Darauf ging sie lieber nicht ein. «Es fährt auf jeden Fall keine Fähre mehr.»

«Und wo bleibst du?»

«Bei einem Cousin zweiten Grades.»

Die Lüge des Jahrhunderts, aber egal.

«Na so was, von dem habe ich ja noch nie gehört.»

«Ich wünsche euch auf jeden Fall ein schönes Fest.» Der Satz kam ihr angesichts der sich anbahnenden menschlichen Katastrophe in ihrem Haus fast zynisch vor.

Sie hörte, wie jemand Regina den Hörer abnahm.

«Du musst unbedingt nach Föhr kommen!», rief Lilith. «Und wenn du schwimmst.»

Es klang geradezu verschwörerisch – und das ausgerechnet von Lilith?

«Wieso?», fragte Imke

«Ich kenne eure Familie ja noch nicht gut, aber ich fürchte, ohne dich gibt es hier ein Massaker.»

«Was ist mit Maria?»

«Die kommt später, sie hat doch Dienst.»

Imke überlegte kurz. Dann blieb nur noch eine

Person übrig, die energisch genug war, um ihre Stellvertretung zu übernehmen.

«Nimm du das bitte heute in die Hand, Lilith», sagte sie.

«Ich?»

«Wir hatten nicht gerade einen Traumstart, das weiß ich.»

«Ich war auch schlecht drauf», gab Lilith zu.

«Vergessen.»

«Okay.»

Imke war erleichtert. «Also pass auf: Achte bitte darauf, dass sich alle an die Regeln halten, wie beim Monopoly. Dann wird es was. Jedem seine drei Titel, und niemand darf etwas dagegen sagen.»

«Das bekomme ich hin.»

«Ich verlasse mich auf dich.»

«Immerhin hast du das mit Robert geregelt, dafür bin ich dir was schuldig.»

Bei Lilith war wohl alles ein Geschäft, aber in diesem Fall sollte es Imke recht sein. Sie verabschiedete sich und legte auf. Johannes, der die ganze Zeit dabeigesessen hatte, warf ihr einen fragenden Blick zu.

Bevor Imke ihm die kuriose Wendung der Ereignisse erzählen konnte, piepte ihr Handy. Es war eine SMS von Arne. Sie habe vergessen einzukaufen, und in zehn Minuten machten doch die Läden zu. Der Kühlschrank sei komplett leer! Offenbar hatten sich alle darauf verlassen, dass sie sich um alles kümmern würde. Denn auch Liliths große Pläne vom selbstgemachten Kartoffelsalat waren nie umgesetzt worden.

Kurz entschlossen rief Imke bei Edeka Hückstedt in Nieblum an und hatte zum Glück gleich Simone von den Landfrauen an der Strippe.

«Moin, hier ist Imke, wie is?»

«Chaos wie immer.»

Am 24. Dezember war dort natürlich die Hölle los.

«Kannst du mir einen Riesengefallen tun?»

«Wie stellst du dir das vor? Ich komm hier nicht weg.»

«Musst du auch nicht. Aber wenn du gleich Feierabend hast, kannst du Kartoffelsalat und Würstchen zu mir nach Hause bringen? Ich sitze auf Amrum fest, von hier fährt nix mehr. Und meine ganze Familie ist da.»

«Was machst du denn auf Amrum?»

«Lange Geschichte. – Also?»

«Geht klar, ich fahr die Sachen nachher bei euch rum.»

«Danke, meine Liebe, das vergesse ich dir nie.»

Imke hatte in ihrem ganzen Leben noch nie einen solchen Orkan erlebt. Es war, als hätten sich alle bösen Mächte der Erde und des Meeres zusammengetan, um über die Insel Amrum herzufallen.

Draußen konnte man sich nicht mehr auf den Beinen halten. Heiligabend verbrachten Johannes und sie daher vor dem Kamin. Das flackernde Feuer war ein tröstlicher Kontrast zu den wuchtigen Kräften, die sich vor der Haustür austobten und die sie eng aneinandergekuschelt durch das Wohnzimmerfenster beobachteten. Zwischendurch kamen Schneeschauer herunter, die jede Sicht versperrten.

Gegen halb acht nahm Imke Johannes' Hand. «Um diese Zeit ziehe ich mich normalerweise immer in mein Zimmer zurück», sagte sie leicht verlegen.

Das konnte er nicht wissen, es war ja ihr erster gemeinsamer Heiligabend.

«Weswegen?», fragte Johannes erstaunt.

«Weil es dann immer eine ganz bestimmte Radiosendung gibt.»

Johannes verstand nicht. «Aber die können wir doch zusammen hören.»

«Nein, also … ich, äh, ich muss dabei immer heulen, ohne dass ich etwas dagegen machen kann.»

«Und worum geht es da?»

«Die Sendung heißt ‹Gruß an Bord›. Da werden Grüße an Seeleute in alle Welt versendet. Der Norddeutsche Rundfunk hat extra eine eigene Kurzwellenfrequenz angemietet, damit die Sendung weltweit zu empfangen ist.»

148

«Dann wird es Zeit, dass ich sie mal kennenlerne», sagte Johannes und stellte das Radio an. Imke besorgte sich vorsorglich eine Packung Taschentücher und lehnte sich dann an seine Schulter.

Wie jedes Jahr begrüßte Moderator Herbert Fricke mit samtener Stimme seine Hörerinnen und Hörer an Bord von Frachtern, Ölplattformen, Forschungsschiffen in der Antarktis und Fregatten der Marine. Er scheute dabei kein Pathos, und Imke lief bei jeder Ansage ein wohliger Schauer über den Rücken:

«Unser Gruß geht hinaus in die Heilige Nacht an die MS Amanda Rickmers im Südchinesischen Meer und den ersten Offizier an Bord, Holger Benthin. Liebster Holli, wir denken ganz doll an dich! Deine Karin mit den Lütten …»

Sie stellte sich vor, wie Holger im Südchinesischen Meer in der Kantine saß und vor Rührung um Fassung rang, während er das hörte.

Als die kleine Alina, die gerade mal ihre ersten Worte sprechen konnte, ihren Papa im Indischen Ozean grüßte und hinzufügte: «Sei bald wieder da, Papa!», war es so weit: Imke schluchzte laut los, die Tränen liefen ihr unkontrolliert die Wangen hinunter.

Vor Jahren hatte sie mal eine ähnlich bewegende Geschichte erlebt: Der Sender hatte einem Seemann den ersten Schrei seines neugeborenen

Kindes übermittelt, zusammen mit den tränenerstickten Grüßen seiner Frau. Ihre Worte würde sie nie vergessen: «Das ... ist ... unser Oliver.» Imke war danach den ganzen Abend nicht mehr zu gebrauchen gewesen, so sehr hatte die Geschichte sie gerührt. Sie hatte dem Kind über den Sender ein Kuscheltier zukommen lassen, der Mutter ein gutes Buch und dem Vater eine Flasche Manhattan. So war es eben: Heiligabend verstärkte Sentimentalitäten aller Art um ein Vielfaches.

Heute hörten sie nicht die ganze Sendung. Eine halbe Stunde genügte, dann war ein Dutzend Taschentücher verbraucht. Anschließend gingen sie in die Küche und kochten zusammen mit den Zutaten, die er eigentlich für seine Freunde eingekauft hatte: Lachs, Zitronengras, asiatische Gewürze und frisches Gemüse. So viel konnten sie gar nicht schaffen, einen großen Teil würden sie später einfrieren.

Es war ein wunderbarer Heiligabend mit ihrem Liebsten. Aber zugegeben, so ganz kam Imke nicht zur Ruhe. Denn sie sah die ganze Zeit die Familienfeier vor sich wie einen schlechten Kinofilm. Sie wusste genau, wie harmlos alles beginnen und wie es dann hochkochen würde. Am liebsten hätte sie ihrer Familie auch einen Gruß gesandt, wie ihn die Seeleute erhielten: «Mein Gruß geht hinaus in die Heilige Nacht auf die Nordseeinsel Föhr, zu meinen Liebsten in Oma ihr klein Häuschen. Möget ihr so wenig wie möglich miteinander reden, stattdessen viel tanzen, dann wird der Friede dieser Nacht mit euch sein! Fröhliche Weihnachten von Oma Imke.»

Dabei hatten die Riewerts wirklich ihre guten Seiten: Wenn Regina zu Hause Kuchen backte, brachte sie ihrer Mutter immer ein Stück vorbei. Sönke war schon öfter mit ihr in den Urlaub gefahren – welcher Enkel machte das schon? Mit ihm teilte sie auch die Erinnerung an einen Besuch im Hamburger Kunstverein, bei der ihr immer noch heiß und kalt wurde. Sie hatte mit Sönke eine Ausstellung besucht und sich als Kunstführerin ausgegeben, ohne die Spur einer Ahnung zu haben, wovon sie sprach. Es war ein Riesenspaß gewesen, so etwas ging nur mit ihm! Maria besaß denselben Humor, aber als Polizistin konnte sie sich nicht ganz so weit aus dem Fenster lehnen – tat es aber trotzdem manchmal. Und auch die anderen Riewerts waren nicht verlegen, wenn es darum ging, ihre Späße zu treiben, zum Beispiel wenn sie Touristen irgendwelche Storys von friesischen Walfängern auftischten. Vor allem Arne war groß darin: Dass der Salsa über die Walfänger nach Föhr gekommen sei, berichtete er vor seinen Surfschülern immer wieder gerne. Die Seeleute hätten in der Karibik ihre Vorräte mit Obst aufgefüllt und dort den Tanz gelernt. Herrlich, einige Urlauber hatten versucht, das im

Internet nachzurecherchieren! Ohne fündig zu werden, selbstverständlich. Arne hatte auch dafür eine plausible Erklärung parat: Die wirklichen Quellen seien nicht bei Google und Wikipedia zu finden, sie lagerten in einem privaten Archiv des Fering-Museums, wo Arne natürlich jedes Dokument kannte.

Kurzum, die Riewerts hatten auf Föhr jede Menge Spaß. Darüber hinaus waren sie hilfsbereit, niemand hätte etwas anderes behauptet. Nur zu Weihnachten gab es eben immer wieder Streit. Der einzige Vorteil war, dass die Familie ihn unter sich austrug und nichts davon nach außen drang.

Imke schaute unruhig auf die Uhr. Die Phase der kleinen Nettigkeiten war in der Regel um diese Zeit vorbei. Die ersten giftigen Bemerkungen fielen, die Antworten wurden lauter und gereizter. Bald würde es nur noch sinnloses Gekeife geben, es ging nicht mal mehr unter einem Vorwand um etwas Ernstes. Sönke und Maria würden das Weite suchen. Vor Ort hätte Imke schlichtend eingreifen und das Schlimmste verhindern können. Aber sie saß in diesem sturmumtosten Haus auf Amrum fest und kam nicht weg.

So blieb ihr heute nur eine einzige Hoffnung: Lilith. Vielleicht war sie stärker als alle Riewerts zusammen, einfach weil sie eine neutrale Instanz war. Oder würde sie aus Unkenntnis der handelnden Personen zusätzlich Öl ins Feuer gießen?

Während Imke so über sie nachdachte, merkte sie, dass sie Arnes neue Freundin zu mögen begonnen hatte. Lilith hatte ihre Gucci-Fassade immer mehr fallen lassen und war zur burschikosen Bauerstochter geworden, die ganz gut wusste, wo der Hammer hing. Zugegeben, an ihrer Zickigkeit konnte sie noch arbeiten – aber welcher Mensch war schon ohne Fehler?

17

Am ersten Weihnachtsfeiertag war der Sturm abgeflaut, und auf Amrum wehte nur noch ein laues Lüftchen, als wäre nichts gewesen. Johannes brachte Imke zur 7-Uhr-Fähre nach Wittdün. Auf der Inselstraße fuhren sie zwischen hohen Schneebergen hindurch, die der Sturm aufgeschichtet hatte. Die legendäre Kneipe «Blaue Maus» sah unter der weißen Masse aus wie ein riesiges Iglu.

«Ich bin dem Orkan sehr dankbar», meinte Johannes und lächelte sie an.

Imke legte ihre Hand auf seine. «Es war auch mein schönstes Weihnachten seit langem.»

«Ich hatte noch überlegt, ob ich Streit mit dir anfange.»

«Warum?»

«Damit du dich wie zu Hause fühlst.»

Sie lachte.

«Was erwartet dich wohl drüben auf Föhr?», fragte er.

Imke starrte auf den Schnee. «Die Resterampe. Alle werden verkatert und zerstritten sein, keiner redet mehr mit dem anderen.»

«So schlimm?»

Sie hatte ihr Handy ausgestellt und bewusst nicht in Nieblum angerufen, um zu hören, was an Heiligabend alles vorgefallen war.

«Ich fürchte ja.»

Am Kai holte Johannes das dunkelrote Nilpferd für Arne aus dem Kofferraum. Es war zwar unhandlich, aber es sollte auf jeden Fall mit. Zum Abschied umarmten sie sich lange im Auto und gaben sich Küsse, ohne dass sie jemand sehen konnte. Dann ging Imke an Bord. Sie hatte sich die letzten achtundvierzig Stunden wie eine Prinzessin im Märchenschloss gefühlt. Mit Johannes hatte sie wirklich den Glücksgriff ihres Lebens getan.

Sie stand an Deck und schaute aufs Meer, das nach dem Orkan erstaunlich ruhig war. Hoffentlich reichte der Schwung der letzten Tage, um das zu überstehen, was sie gleich erwartete. Auf keinen Fall wollte sie sich das schöne Gefühl der letzten zwei Tage von irgendjemand zerstören lassen. Sie überlegte, wie es wohl im nächsten Jahr mit der Weihnachtstradition weitergehen würde. Noch einmal würde sie derartige Strapazen wie dieses Jahr nicht auf sich nehmen. Vielleicht würde sie einfach wieder mit Johannes feiern, weit weg von ihrer Familie, auf Amrum.

Die Sonne schien durch einen Wolkenspalt trapezförmig aufs Wasser hinab. Das Schiff fuhr direkt in das Licht hinein, um Imke herum wurde alles gleißend hell. Der Wyker Hafen näherte sich schneller, als ihr recht war. Als die Fähre anlegte, wurde ihr flau im Magen.

Ihren Wagen hatte sie am verschneiten Hafen geparkt. Eigentlich war dort Parkverbot, aber dank Maria konnte ihr nichts passieren, jeder Polizist auf der Insel kannte ihren Toyota und verschonte sie mit Straftickets. Das Gepäck kam in den Kofferraum, das Nilpferd wurde auf dem Beifahrersitz festgeschnallt. Vielleicht brachte es ja Glück. Als sie den Zündschlüssel umdrehte, startete der Motor sofort. Schade eigentlich, sie wäre gerne stehen geblieben, um einen kleinen Zeitaufschub zu bekommen.

Die paar Kilometer nach Nieblum bummelte sie und befuhr die Hauptstraße des Ortes im Kriechgang. Föhr sah aus wie eine weiße Traumlandschaft, die Sonne verklärte die Insel zu einer Schneeschüttelkugel. War das schön!

Schließlich bog sie in ihre Straße ein. Vor ihrem Haus parkten die Wagen von Regina und Maria. Was bedeutete das? Waren sie alle noch da? Oder waren sie *schon wieder* da?

Mit einer unguten Vorahnung stieg sie aus dem Auto und klemmte sich das Nilpferd unter den Arm. Aus ihrem Haus dröhnte laute Musik, «The winner takes it all» von ABBA. Die Wohnzimmerscheiben waren beschlagen, sie konnte

156

nichts erkennen. Was passierte dort wohl gerade? Frühstückte da jemand bei derartig lauter Musik? Vielleicht, um den Vorabend zu vergessen?

Vor der Tür blieb sie einen Moment stehen, dann gab sie sich einen Ruck und trat ein, wobei sie sich fest an ihr Mitbringsel klammerte.

Es war unbeschreiblich, was sie in ihrem leer- geräumten Wohnzimmer vor sich sah. Diesen Anblick würde sie bis an ihr Lebensende nicht vergessen. Liliths offene Haare standen nach al- len Seiten ab, sie hatte die obersten Knöpfe ihrer Bluse geöffnet, statt eines Rocks trug sie nur eine schwarze Strumpfhose und tanzte mit Holger auf dem Wohnzimmertisch. Dort, wo vorher der Fernseher gestanden hatte, legte Arne mit seiner Schwester Geeske einen perfekten Discofoxtrott hin. Maria und Sönke saßen Arm in Arm auf dem Fußboden und kippten Manhattan aus Wasser- gläsern.

Als sie sie sahen, erstarrten alle und fingen dann überschwänglich an zu klatschen. Sie wirk- ten wie im Wahn.

«Habt ihr durchgemacht?», fragte Imke vor- sichtig, als Arne die Musik leiser gestellt hatte.

«Mehr oder weniger», nuschelte Lilith und lächelte sie schief, aber glücklich an.

«Wie war es gestern?», fragte Imke.

«Kartoffelsalat war super, Bier und Sekt auch», meldete Arne.

«Kein Stress?»

Geeske sah sie verständnislos an. «Wieso Stress?»

«Und bei dir?», erkundigte sich Maria.

«Ach, ich war heilfroh, dass ich irgendwo untergekommen bin», erklärte Imke. «Der Orkan war echt heftig.»

Dann überreichte sie Arne das dunkelrote Nilpferd. «Fröhliche Weihnachten, mien Jung.»

Der freute sich riesig, hielt sich es vor die Brust und tanzte damit durch den Raum. Kurt bekam sein Fernglas, mit dem er vom Fußboden aus die Schneeschüttelbilder in der Vitrine in Augenschein nahm, dann holte Imke für Geeske den Seidenpyjama aus dem Schlafzimmerschrank. John bekam einen Gutschein für Computerzubehör bei Elektro-Pontus, Regina drei Porzellanschafe, die Imke bei Mariink in Oldsum aufgetrieben hatte, und Holger drei Flaschen Föhrer Wein. Arne und Maria überreichte sie jeweils einen Stapel Bücher, und Lilith bekam eine Flasche Manhattan. Alle schienen mehr als zufrieden.

Aus den Boxen kamen jetzt die Weather Girls. Imke feuerte ihre Jacke in die Ecke, riss die Arme nach oben und legte einen wilden Solotanz hin, während sie laut mitsang: «It's raining men, halleluja!» Die anderen bildeten einen dichten Kreis um sie.

Draußen fing es erneut an zu schneien, es sah

aus, als wenn die Flocken mittanzten. So vergingen die Stunden, und bis spät in die Nacht hinein drehte sich in Imkes kleinem Reetdachhäuschen die Discokugel.

Imke hatte schon einige Geschichten über Weihnachtswunder gelesen und deren Wahrheitsgehalt immer stark angezweifelt. Aber das Wunder in ihrer Familie war so überwältigend, dass sie sich zwischendurch die Wangen rieb, um sicherzugehen, dass es kein Traum war. Die Liebe der Familie Riewerts strahlte in die Welt hinaus: Allen, die an ihrem Haus vorbeigingen und sie durch die Fenster tanzen sahen, huschte ein Lächeln übers Gesicht.

Weihnachten war eben doch das schönste Fest von allen, und daran würde sich nie etwas ändern. Jedenfalls nicht in der Familie Riewerts.